钟泰
著作集

古诗讲义

上海古籍出版社

钟泰／著　　钟斌　李阿慧／整理

图书在版编目(CIP)数据

古诗讲义 / 钟泰著;钟斌,李阿慧整理. —上海:
上海古籍出版社,2024.5
ISBN 978-7-5732-1117-0

Ⅰ.①古… Ⅱ.①钟… ②钟… ③李… Ⅲ.①古典诗
歌-诗歌研究-中国 Ⅳ.①I207.22

中国国家版本馆 CIP 数据核字(2024)第 076525 号

古诗讲义

钟　泰　著
钟　斌　李阿慧　整理

出版发行　上海古籍出版社
地　　址　上海市闵行区号景路 159 弄 1-5 号 A 座 5F
邮政编码　201101
网　　址　www.guji.com.cn
E-mail　guji1@guji.com.cn
印　　刷　上海惠敦印务科技有限公司印刷
开　　本　787×1092　1/32
印　　张　6.875
插　　页　2
字　　数　121,000
版　　次　2024 年 5 月第 1 版　2024 年 5 月第 1 次印刷
印　　数　1—2,100
书　　号　ISBN 978-7-5732-1117-0/I·3828
定　　价　46.00 元

如有质量问题,请与承印公司联系

目　　录

四言诗

五言诗

目　录

3

四　言　诗

　　古诗传于今者,首推"诗三百篇",世人所称《诗经》是也。其体分风雅颂,其法有赋比兴,合之称为"六义",见于《毛诗·诗序》者也。原本三百五篇,举成数而言,因谓之"三百"耳。其句有长和短,而以四言者为多,故后世以别于五言、七言,亦谓之四言诗。兹选自三百篇始,冠之以四言诗之目者,盖以此。

　　诗之分句与他文不同,盖有字数与用韵之限制在焉。试举《七月》之诗为例,其第五章云:"七月在野,八月在宇,九月在户,十月蟋蟀入我床下。"上三句皆四字为句,下一句则八字为句,何也?因"野"、"宇"、"户"、"下"四字相叶为韵,又诗意本谓蟋蟀七月在野,八月在宇,九月在户,十月乃入于床下耳。为字数整齐故,不得不变文用巧,而退"蟋蟀"二字于下,所以下句为八字也。此在后人之诗亦往往有之。如杜甫《题衡山县新学堂》作云:"旄头彗紫微,无复俎豆事。金甲相排荡,青衿一憔悴。呜呼已十年,儒服敝于地。"其第

1

五六句,若以散文释之,则当云:"呜呼,儒服敝于地者已十年矣。"以每句必五字,而"地"字为韵,与上"事"、"悴"二字叶,故句法遂有颠倒。是以作诗与作文不同,读诗亦与读文不同,而当别换一副眼孔、心孔也。至看古人诗文,不应以今之语法绳之,学者自所深悉,不待赘尔。

诗必叶韵,众所知也。然后世但知韵在句尾耳,不知句中亦自有韵。以三百篇论,《草虫》之诗首二句曰:"喓喓草虫,趯趯阜螽。"不独"虫"与"螽"叶,"喓喓"与"趯趯","草"与"阜",亦皆相叶也。又如《葛生》之诗,"葛生蒙楚,蔹蔓于野。予美亡此,谁与独处。"人知"处"与"楚"、"野"叶,不知"谁与独处"句,"与"与"处"亦相叶也。又不独此句也,"予美亡此"句,"美"与"此"亦相叶。惟"与"与"处"叶,"谁与独处"四字句中实含有二字为句者二,于是"谁与独处",即当分别读断。"予美"句亦然。朱子《诗集传》解曰:"予之所美者独不在是,则谁与而独处于此乎。"上句之意尚大致不离,若下句"谁与"、"独处",正乃一问一答,实谓无与耳;今乃云"谁与尔独处于此",复成何辞义乎? 故不明句中有韵,不惟失其韵,亦且失其义,失其句读矣。辛弃疾《沁园春》词首句:"杯汝前来。"亦四字句。然"杯"字与"来"字为韵,杯字必读断,此正与"予美亡此"一例。习词者知此,而习《诗经》者不知,则一通韵学一不通韵学之分也。

韵学为专门,兹不能详述。顾有两事乃学诗者所必知:

一四声,一双声叠韵也。四声者,分人声即字之读音为四:一曰平,如曰"天"、曰"人"是;二曰上,如种类之"种"、言语之"语"是;三曰去,如种树之"种"、语人之"语"是;四曰入,如曰"日"、曰"月"是。唐代释盖忠《元和韵谱》云:"平声哀而安,上声厉而举,去声清而远,入声直而促。"以"安"、"举"、"远"、"促"四字状平上去入之别,向称为最明且显。然实则平上去入四字即所以代表四声,能深切体会四字之义,于四声之别,未有不能领之于心而调之于口者也。特北人无入声,多读成去,或转入于平,今国语用北音,即四声仅有三耳。亦有合并上去入三声统谓之仄声,而与平声相对者,则谓只有平仄二声亦可。要之,声音之道本之天然,韵书不过综合古今方言之异,而条其会归,以为一时之准则。后人泥于韵书,不能通于声音自然之本,则一失也。双声叠韵者,字虽单音,析之则为两音所合成,故魏晋间人每借两字以标一音,即所谓"反切"是。今定上一字为声,下一字为韵,若两字而同一声,则谓之双声,两字而同一韵,则谓之叠韵。上云诗必叶韵,盖即叠韵之理也。学诗之人无不知叠韵者,而于双声则求知之者盖少。不知通韵而不通声,即于诗未得其全,何也?韵与韵协,声与声亦协也。试以三百篇言之,《关雎》之诗曰:"参差荇菜,左右流之。窈窕淑女,寤寐求之。""参差"为双声,"参差"声协;"窈窕"为叠韵,"窈窕"韵协。以"参差"与"窈窕"隔句相对,故读之如宫商相和,铿锵有声,古之诗可以入药,盖以是也。后之诗人,惟杜甫于此讨研至精,故其《何将军山林》诗:"卑枝低结子,接叶暗巢莺。"不用"密叶"而用"接叶",以"接叶"叠韵,与"卑枝"叠韵为对也。《赠鲜于京兆》诗:"奋飞超等级,容易失沉沦。"不用"高飞"而用"奋飞",以"奋飞"双声,与"容易"双声为对也。故前人谓杜诗摸之字字有棱,棱在音声。然则不明声韵之理而能为诗者,未之有也。又古今声韵屡有迁变,《诗经》之韵不尽同于汉魏,汉魏又不尽同于齐梁以后,此则当随诗说之,非空论也。

诗经

关 雎

> 关关雎鸠,在河之洲。窈窕淑女,君子好逑。
>
> 参差荇菜,左右流之。窈窕淑女,寤寐求之。
>
> 求之不得,寤寐思服。悠哉悠哉,辗转反侧。
>
> 参差荇菜,左右采之。窈窕淑女,琴瑟友之。
>
> 参差荇菜,左右芼之。窈窕淑女,钟鼓乐之。

此风诗第一篇也。风者,民间歌谣之作,于此可以觇风俗、识风化之本,故谓之风也。题曰"关雎"者,诗本无题,编诗者为便于检别，取首句两字以题之者也。"毛诗"本分三章，首章四句，二三章皆八句。郑玄作笺，则定为五章，章各四句。朱子《集传》又改为四章，惟二章八句，余三章皆各四句。兹从郑，不从毛氏与朱子者，汉世传诗者本有鲁齐韩三家，与"毛诗"为四，康成先习三家诗，当是据三家诗以改毛本，后二章分之则意缓而味长，合之即意促而味短，且诗五章，章各四句，于篇法亦整，是郑优于毛也。朱子知末二章当分而不当合，不依毛公，是也，而前二章则仍依毛公合之，不过以为其意相联贯耳，不可分割。然《关雎》为房中之乐，被于弦歌，歌既分章，不宜长短不一，又章分而意注，亦不嫌于不联贯。毛公诗传于"关关雎鸠，在河之洲"句下注云："兴也。"朱子则移之于首章章后，此甚失毛公之意。毛公于赋比兴三者，独着意于兴，若赋比则更不注明。何者？赋者，直叙其事，比者，以彼喻此，其辞明白易晓，无待于指陈也。《集传》云："兴者，先言他物以引起所咏之辞也。"然者，"关关雎鸠"二句之为兴，在引起"淑女"、"君子"之为好逑耳，若"窈窕淑女"二句，则正所谓赋。移"兴"字于章下，即界限不清矣。是不可不辨也。"关关"，鸠鸣声。雎鸠，水鸟，今所谓鹗也。鹗之取声，正与"关关"合矣。洲，水中地，河即黄河也。淑，善也，淑女犹言好女子。窈窕，本深邃貌，藉以言女之幽静，淑女之淑在是，故曰窈窕淑女也。君子，有德之称。"逑"与"仇"通，匹也。好匹犹佳偶也。参差，不齐也。"荇"一作"莕",生水中,开小黄花,叶圆如杏,与莼略相似,古人作菜食,故曰荇菜也。流,谓顺水之流而求之也。寤,觉;寐,寝也。寤寐求之,言昼夜求之,无时或息也。服,如服膺之"服",谓置之怀抱之中而不能去也。求言寤寐,服亦言寤寐,然求之寤寐偏重在寤,服之寤寐偏重在寐。上因寤而及寐,下因寐而及寤,语习则然,不可不知也。悠之从心,思亦忧也。辗转反侧,寐不安也。采,采得之。友,亲之爱之,与之为友也。芼通毛,择而采之也。乐之,与之相乐也。琴瑟钟鼓,先琴瑟而后钟鼓者,钟鼓盛乐,以渐而进也。流之求之,采之友之,芼之乐之,之字皆不入韵,韵在上一字,此三百篇之例也。

汉　广

　　南有乔木,不可休思。汉有游女,不可求思。汉之广矣,不可泳思。江之永矣,不可方思。

　　翘翘错薪,言刈其楚。之子于归,言秣其马。汉之广矣,不可泳思。江之永矣,不可方思。

　　翘翘错薪,言刈其蒌。之子于归,言秣其驹。汉之广矣,不可泳思。江之永矣,不可方思。

此诗不取"南有乔木"为题,而名之"汉广"者,诗之取义,固重在后四句,观三章反复咏叹同此四句可知也。故《诗序》曰:"汉广,德广所及也。"诗有言在此而意在彼者,比兴之道如是,后人谓之寄托。故言游女,非必果指游女也。杜甫《瘦马行》,注家多谓为房琯贬斥而作,言人可托之于马,斯言贤者可托之于游女,其用意一也。思,语辞,有声而无义,故与矣字皆不入韵。南,南国也,即江汉之地。泳,游泳。方,泭也,小筏曰泭。翘翘,高出貌。错,犹杂也。楚,木名,荆类。春秋楚国始亦称荆,或以荆楚连称,知其木同类矣。言,发端语辞,亦有声而无义。刈,割取之也。之子,是子也,即指上游女。女子谓嫁曰归,于归,往嫁也。秣,以禾饲马也。蒌,蒌蒿。驹,小马也。

三章,章八句。上四句皆隔句用韵,下四句则句句皆韵。句句皆韵,以见咏叹之深。盖情之动自然形于声,声之成复以感乎情,诗之为用全在于此,故曰诗与乐通也。

柏　舟

汎彼柏舟,亦汎其流。耿耿不寐,如有隐忧。微我无酒,以敖以游。

我心匪鉴,不可以茹。亦有兄弟,不可以据。薄言往愬,逢彼之怒。

我心匪石，不可转也。我心匪席，不可卷也。威仪棣棣，不可选也。

忧心悄悄，愠于群小。觏闵既多，受侮不少。静言思之，寤辟有摽。

日居月诸，胡迭而微。心之忧矣，如匪澣衣。静言思之，不能奋飞。

此遭小人困害而不能自明之诗，序言仁而不遇，尚未为尽之。五章，章各六句。以柏舟起兴而言亦汎其流者，谓其随流飘汎而无所依止也。汎亦通作泛，漂流也。耿耿犹炯炯，明也。隐如恻隐之隐，痛也。忧在于心如痛在于身，故谓之隐忧。微犹非也，微、非盖一声之转。敖一作遨，遨亦游也。鉴同鑑，镜也。匪读如非。茹，度也。"我心匪鉴，不可以茹"者，言己不能如镜之明，度知人之喜恶，为下往愬逢怒发端也。称"兄弟"者，封建之世，多用同姓为臣也。据，依也。薄犹聊也、稍也。愬与诉通，告也。逢，遭也。石席同韵，转卷同韵，各隔句相叶，此谓之间韵，三百篇多有此类，后世之诗则稀见矣。可畏谓之威，可象谓之仪，皆谓礼容也。棣棣，闲习而富备，无嗟失也。选，即昭元年《左氏传》"弗去惧选"之"选"，杜注云："选，数也。"盖如今言挑剔、责数之义也。悄悄，忧而不能告于人之貌。愠，含怒也，愠于群小，谓群小含怒于己也。觏一作遘，遇也。闵，困害，侮，侮辱也。辟同擗，拊心也。摽，摽击也。有摽，"有"字无义，以摽本动字，今为形容拊心之辞，故加有以别之，此三百篇用字之例也。居诸，并语辞，日居月诸，犹云日乎月乎也，居诸与乎，一声之转。胡犹何也，胡何亦一声之转。迭，更迭。微，谓亏伤也。浣，濯也。如匪浣衣，言如衣之不濯，谓遭污而不能白也。奋飞，如鸟奋翼而飞去也。

氓

氓之蚩蚩，抱布贸丝。匪来贸丝，来即我谋。送子涉淇，至于顿丘。匪我愆期，子无良媒。将子无怒，秋以为期。

乘彼垝垣，以望复关。不见复关，泣涕涟涟。既见复关，载笑载言。尔卜尔筮，体无咎言。以尔车来，以我贿迁。

桑桑未落，其叶沃若。于嗟鸠兮，无食桑葚。于嗟女兮，无与士耽。士之耽兮，犹可说也。女之耽兮，不可说也。

桑之落矣，其黄而陨。自我徂尔，三岁食贫。淇水汤汤，渐车帷裳。女也不爽，士贰其行。士亦罔极，二三其德。

三岁为妇，靡室劳矣。夙兴夜寐，靡有朝矣。言既

遂矣，至于暴矣。兄弟不知，咥其笑矣。静言思之，躬
自悼矣。

　　及尔偕老，老使我怨。淇则有岸，隰则有泮。总角
之宴，言笑晏晏。信誓旦旦，不思其反。反是不思，亦
已焉哉。

此男女为好不终，女子见遇浸薄，困而自悔之诗也。六
章，章十句。氓，异国之民来居本国者，后世所谓客民也。
蚩蚩，敦厚貌。贸，贸易也，古者多物物交换，故抱布以易丝
也。谋，谋求也，如今云打主意、打交道，不欲斥言其献诱，
故谓之曰谋。子，以称男子。淇，水名，今淇县，即诗之卫都
也。顿丘，淇上丘名。愆期，失期也。媒，媒妁也。古者女
子不得无媒而嫁，故始以"子无良媒"谢之也。将，古音读如
锵，愿词。秋以为期，始谢之而终许之，即其辞之宛转，而其
情之宛转如见矣。垝，圮也。垣，城垣也。关，疆界上之门，
以讥察出入者。复，如《孟子》"有复于王者"之"复"，白也、
告也。异国之民来至于卫，必先告于关吏，是为复关。旧以
复关为地名，误也。涕，泪也。涟涟，泪不断也。载笑载言，
则笑则言也，载、则一声之转。卜、筮，皆占也，钻龟曰卜，揲
蓍曰筮。"体无咎言"者，卜筮俱无凶咎之辞，体犹全也。前
称"子"而兹称"尔"，尔者，亲昵之之辞也。贿，财。迁，徙。
举其财物，随男子而徙就其家也。沃若犹言若沃，如水浇
沃，言其光泽也。鸠，今斑鸠也。葚一作椹，桑实也。古言

10

鸠食葚过者醉，故曰"于嗟鸠兮，无食桑葚"。于嗟即吁嗟，叹辞。兮古音读如阿，今语时之阿，实即兮声之遗也。耽，妉与媅之假借，好乐之甚也，《诗》亦作湛，《鹿鸣》"和乐且湛"是也，古音并读如沈。陨，坠。黄而陨者，由黄以至于坠也。徂，往。徂尔，往至尔家也。食贫，言生活贫苦，举食以概其馀，非专为食也。汤读如伤，汤汤，水盛貌。渐，渍也。帷裳，帷之下幅。此二句亦兴也。爽，如今言爽约之爽，失也、改也。贰与爽一意。极，穷，罔，犹莫也。莫穷，言其不可测，测不透也。先言"贰其行"，后又言"二三其德"，德者得于心，由其行以穷至其心也。靡即无也，罔、莫、靡、无，并一声之转。室劳，谓家事之劳。朝，读如朝廷之朝，古人旦而事亲谓之朝，不独君与大夫为然也。靡室劳，靡有朝，皆言已尽其劳而夫享其逸。故接之曰"言既遂矣，至于暴矣"，谓既称其意，而反暴遇我也。咥，笑声。"兄弟不知，咥其笑矣"者，言兄弟幸不闻知，若其知之，必且笑我，盖其以贿迁时，固早为弟兄辈所不许也。悼，伤也，"躬自悼"者，一身自伤，无所告诉之辞也。"及尔偕老"，曩昔相约之言，下文所谓"信誓旦旦"者是也。"老使我怨"者，本冀偕老，而不意竟使我怨。"偕老"而仅言"老"，省文也。古人自有此种语法。如《庄子·养生主篇》云："吾生也有涯，而知也无涯，以有涯随无涯，殆已。已而为知者，殆而已矣。"已而为知，承上殆已而言，谓殆已而犹自以为知，则其殆不复可救，故曰殆而已矣。殆已而省言已，犹偕老而省言老，盖一例也。不然，三岁为妇，安得遽言老乎。隰，岸旁下湿之地也。泮与畔同。淇有岸，隰有泮，以及见人之罔极，为下文"不思其反"发端，与上章"淇水汤汤，渐车帷裳"笔法相同。故兴不必在一章之首。如汉乐府《白头吟》，末尾"男儿垂意气，何用钱刀为"之上插云"竹竿何嫋嫋，鱼尾何簁簁"。杜甫《佳人诗》，中间插云"合昏尚知时，鸳鸯不独宿"及"在山泉水清，出山泉水浊"之类，皆从三百篇脱胎，不可不知也。总角，女子未许嫁前未笄之发式，后世所云丫角者似之。宴，安也。晏晏，和乐也。旦旦，《说文》作悬悬，此省心，言悬诚也。反，复也，践言古谓之复，《论语》"信近于义，言可复也"是也。亦谓之反，则此不思其反是。旧注有以反为反复者失之，不思其反，就男子言，非就己言也。"反是不思"即"反之不思"，倒其文以思与哉协韵也。"哉"与《关雎》之"之"、《汉广》之"思"，同为语辞，彼不入韵而此入韵者，彼叠用而此独用，为例不同也。"亦已焉哉"，与上"不可说也"相应，无可奈何之辞，而亦决绝之辞也。

君 子 与 役

君子与役，不知其期。曷至哉。鸡栖于埘。日之

12

夕也，羊牛下来。君子与役，如之何勿思。

君子与役，不日不月。曷其有佸。鸡栖于桀。日之夕矣，羊牛下括。君子与役，苟无饥渴。

此男子行役于外，其妻思而望之之诗，后世诗中所谓征妇怨者，皆此类也。君子，妇所以称其夫也。不知其期者，言行役无期限也。曷与盍通，何不也。曷至哉，言其何不归也。埘，鸡栖，凿墙或垒土为之。鸡栖于埘，羊牛下来，皆在日夕之时，先鸡而后羊牛者，由近以及远也。"日之夕矣"句置于"鸡栖"与"羊牛"之间者，因鸡栖而知日夕，因日夕而念及羊牛，叙事则有次，行文则有致也。勿亦无也。"不日不月"犹今云"无日无月"，即无期意。有佸，"有"字无义，佸，来会也。桀，以木为杙以栖鸡。括亦来也，然与来意少别，来者别言之，括者合言之也。苟犹庶也，庶几无饥渴，愿望祷祝之辞也。诗二章，章八句。

大 叔 于 田

叔于田，乘乘马。执辔如组，两骖如舞。叔在薮，火烈具举。襢裼暴虎，献于公所。将叔无狃，戒其伤女。

叔于田，乘乘黄。两服上襄，两骖雁行。叔在薮，

火烈具扬。叔善射忌，又善御忌。抑磬控忌，抑纵
送忌。

　　叔于田，乘乘鸨。两服齐首，两骖如手。叔在薮，
火烈具阜。叔马慢忌，叔发罕忌。抑释掤忌，抑鬯
弓忌。

此郑风也。郑风有两《叔于田》，而此文较繁，于体为
大，故加大以别之，曰《大叔于田》也。三章，章十句。田，田
猎，于田者，往田猎。叔，旧说皆以为即庄公之弟共叔段，
段与庄公争国而败，然实有材武，故诗人称其善射善御焉。
风诗言男女相悦者多，言武事者少，兹选故取之。乘马之
"乘"读去声，古者田猎以车，车驾四马，谓之一乘，故云"乘
乘马"也。辔，马缰勒也。四马八辔，而骖马两内辔系而不
用，御者所操惟六辔，《秦风·驷驖》云"六辔在手"是也。
"执辔如组"者，言其操此六辔，如织组之为，有文而不乱也。
四马，两马服于辕者曰服马，其旁加者曰骖，任载之车，即亦
有驾三马者，故骖之为言参也。两骖者，左骖右骖也。如舞
者，言其驰骤有节也。薮，薮泽，田猎之地也。火，焚火以驱
兽也。烈，火盛貌。具犹俱也。襢同袒，襢裼，肉袒也。暴
虎，搏虎也，暴搏一声之转。公谓庄公也。狃，习也。无狃，
言不可习以为常。称其勇而又惧其伤，望其能戒，故曰将叔
无狃，戒其伤汝，盖爱之惜之，诗人之微意也。乘黄，四马皆
黄也。上，犹前也。襄与骧同，马行首低昂也。雁行者，骖

14

马少后于服马，如雁行之有次也。扬，扬起也。忌，语辞，今苏常一带人语尾多有格音，如言好格、苦格，格殆忌音之遗也。抑，或也、且也。磬控，双声，皆制止意。纵送，叠韵，皆放逸义也。此章先言善射，后言良御，射为宾而御为主，故连言磬控、纵送，谓其御之良，进止无不应手也。旧以磬控属御言，纵送属射言，失之。鸧本鸟名，似雁，《唐风》所云"肃肃鸧羽，集于苞栩"是也。其羽黑白相杂，马之毛色似之，故亦称鸧。齐首，首相齐也。如手，如人左右手也。阜，盛也，由举而扬而盛，亦言之次也。慢，迟也。发，发矢。罕，希也。搠，箭箭盖。释，放也。弨与韔同，弓弢也。弓弢为韔，故弢弓亦云韔。此章言射为主，然不言其正射之时，而言射后释搠弨弓之事者。即其后之整暇，而前之射无不中可知，且以见田事之有起讫，正文字之巧也。

还

子之还兮，遭我乎猺之间兮。并驱从两肩兮，揖我谓我儇兮。

子之茂兮，遭我乎猺之道兮。并驱从两牡兮，揖我谓我好兮。

子之昌兮，遭我乎猺之阳兮。并驱从两狼兮，揖我谓我臧兮。

三章,章四句。此亦田猎之诗,然与前风格异也。后世少年游侠行一类,盖从此出。还与獧同,便捷也。遭,遇也。猺,齐地山名,在临淄县南。肩一作豜,豕三岁者也,肩同声假借字。相遇之后,并驱而相逐兽,故曰从两肩,从者逐也。儇,利也,亦便捷之义。此称子曰还,彼揖我曰儇,交相誉,亦竟相角也。茂,美也。好亦美义。牡,兽之雄者,雄兽难逐,故言牡也。昌,壮盛也。山南曰阳。臧,亦壮也。

伐　　檀

坎坎伐檀兮,寘之河之干兮。河水清且涟猗。不稼不穑,胡取禾三百廛兮。不狩不猎,胡瞻尔庭有县貆兮。彼君子兮,不素餐兮。

坎坎伐辐兮,寘之河之侧兮。河水清且直猗。不稼不穑,胡取禾三百亿兮。不狩不猎,胡瞻尔庭有县特兮。彼君子兮,不素食兮。

坎坎伐轮兮,寘之河之漘兮。河水清且沦猗。不稼不穑,胡取禾三百囷兮。不狩不猎,胡瞻尔庭有县鹑兮。彼君子兮,不素飧兮。

三章,章九句。此诗极言人不可素餐,首以伐檀、伐辐、伐轮起兴,意其人殆若庄子所称轮扁之徒,诗即其所作,用以自戒,非如旧说为刺贪之诗也。檀,木之坚韧者,宜于为车轮,辐,轮辐也。坎坎,伐木声,伐,斫也。寘,置也。干,岸也。涟,水遇风而成文也。禾,穀也。种之曰稼,敛之曰穑。廛通缠,三百缠,三百束也。狩,冬猎也。猎以冬时为多,故于猎又特言狩也。瞻,仰视也。庭,堂前。县,挂也,今作悬。貆,貉子也。素餐,今所谓白吃饭也。孟子曰:"士无事而食,不可也。"素餐非君子之道,故曰"彼君子兮,不素餐兮也"。"彼"与"尔"文相对,"尔"者轻之之辞,"彼"则仰之之辞也。亿通繶,繶亦束也。兽三岁曰特。漘亦干侧也,象人口之有唇,故曰漘。沦,水文流转如轮也。囷,积禾为堆也。鹑,鹌鹑。飧,熟食,古人朝饔而夕飧,故字从夕从食,夕食不别炊,取朝食之所馀,熟而食之,故训为熟食。

蟋 蟀

蟋蟀在堂,岁聿其莫。今我不乐,日月其除。无已大康,职思其居。好乐无荒,良士瞿瞿。

蟋蟀在堂,岁聿其逝。今我不乐,日月其迈。无已大康,职思其外。好乐无荒,良士蹶蹶。

蟋蟀在堂,役车其休。今我不乐,日月其慆。无已大康,职思其忧。好乐无荒,良士休休。

此诗三章,章八句。前四句言当及时行乐,后四句则又极言好乐无荒,意若自相违者,疑诗虽一章,而歌之则此二人,一唱而一酬,旨在相戒,非果相劝以乐也。蟋蟀,促织也。蟋蟀在堂,九月时也。聿,遂也。莫,晚也,今更加日作暮。除,如今言除夕之除,弃去之义也。其莫、其除两"其"字,与下其居"其"字用别。居为名字,其义实,其属居言,故其义亦实,谓其人也。莫、除为动字,其义虚,而其字乃承上"岁"与"日月"言,谓其将暮、将除,其义亦虚也。若必强释之,则此"其"与乃、且义同耳。大读如太。已、大,皆甚也。康,安也。无已大康,若今云莫太舒服,戒之之辞也。职,犹常也。居,位也,谓所任事。荒,怠荒。瞿瞿却顾,警惕之貌,逝、迈,皆往也。外,四境之外也。蹶蹶,有事则蹶然而起,敏以赴功,时在防备之中也。役车,庶民力役所用之车。其休者,农功已毕,车将不用也。愮,过也。忧,可忧之事也。休休,从容宽裕之貌。乐而能忧,则虑周而备足,是以能从容宽裕也。此诗两用休韵,而义迥别,亦犹《氓》之次章两用言字韵,一"笑言"为动字,一"咎言"为名字,言,即辞义,故不相妨也。后人诗有重韵者,大抵视此。至如"士之耽兮,犹可说也。女之耽兮,不可说也",两耽字两说字为韵,则正取其字同义同,是不可避,亦不当避。杜甫《杜鹃诗》:"西川有杜鹃,东川无杜鹃,涪万无杜鹃,云安有杜鹃。"

连用四杜鹃字,正其类也。

葛　生

葛生蒙楚,蔹蔓于野。予美亡此,谁与独处。

葛生蒙棘,蔹蔓于域。予美亡此,谁与独息。

角枕粲兮,锦衾烂兮。予美亡此,谁与独旦。

夏之日,冬之夜。百岁之后,归于其居。

冬之夜,夏之日。百岁之后,归于其室。

五章,章四句。此亦征妇之诗,然视君子役之作,则辞为痛切。《序》云:"晋献公好攻战,国人多丧。"思战死之惨,自不得不痛切也。葛,草名,蔓生,其缕可以织布,所谓葛布者也。蒙,覆也。蔹,亦蔓草,似瓜蒌,而子不可食。美,妇以称其夫,犹言良人也。美而曰予,亲而怜之之辞。亡读如无,谓不在也。与、处与上楚、野为韵,美、此则别为韵,四字句而当作两句读,前已言之矣。棘,小木有刺者。域,茔域也。息,止也。角枕,角所作枕也。衾,今所谓被也。粲言其光洁,烂言其华美也。独旦者,不寐以至于旦也。夏之日,冬之夜,皆言长也,于文则意未完,然历历数之,便觉经过多少日夜,多少独处独旦之苦,意不到而神到,诗之传神有在文字外者,此类是也。居、室,并承上茔域言,以坟墓为居室,即《王风·大车》之诗所谓"穀则异室,死则同穴"意也。或有以此为悼亡之诗者。不知曰"亡此",但言其不在于是,犹是死生未卜之辞。若果悼亡,即不得如是云云也。以此知旧说殆未可以轻信。

小 戎

小戎俴收,五楘梁辀,游环胁驱。阴靷鋈续,文茵畅毂,驾我骐馵。言念君子,温其如玉。在其板屋,乱我心曲。

四牡孔阜,六辔在手。骐骝是中,騧骊是骖。龙盾之合,鋈以觼軜。言念君子,温其在邑。方何为期,胡然我念之。

俴驷孔群,厹矛鋈錞,蒙伐有苑。虎韔镂膺,交韔二弓,竹闭绲縢。言念君子,载寝载兴。厌厌良人,秩秩得音。

诗三章,章十句。此《秦风》也,亦妇人思念征士之作。然一意夸其车甲之盛,虽叙私情,而无哀伤之意、衰飒之声。于此可见其风俗之强,即妇人亦知好尚武事,秦之能称霸西戎,日以强大,盖有由也。戎,兵车,云小戎者,为便于驰突,特小其制也。俴与浅同。收,车身,所以载人者,即舆也。

车小，故舆亦浅。辀，车辕，所以驾马者，自舆前稍曲而上，至衡则又曲而下钩，有如桥梁然，故曰梁辀。衡者，辕前横木，以轭两服马之领者也。鞃一作鋈，恐辀易折，以革束之，欲其坚也。五鞃者，束之有五处也。游环，马鞅上有环，贯骖之外辔中，以制骖之外出者，以其可游动于领背上下，故谓之游环。胁驱，以一条皮上系于衡，后系于舆前横木，当服马之胁，驱骖马使不得内犯，故谓之胁驱。驱古读如欧，与收、辀叶。或以此句连下"阴靷鋈续"句读，而读驱为居录反，与续、毂、舞叶韵，非也。靷，引车之革也。服马驾辕，其挽车也以辕；骖马在旁，其挽车也则以靷。靷一端着于舆下车轴，舆下见所不及，故谓之阴。鋈，白金。鋈续者，以白金嵌之，欲其牢也。茵，车中垫，以兽皮为之，为其有文采，故曰文茵。畅毂，长毂也，毂所以贯轴，此言长毂，犹长轴也，轴取其长，便于相系也。骐，马之黑色者。舞，马左足白也。板屋，以板为屋，西戎之俗然也。心曲，心中委曲之处也。阜，壮盛也。骝，马赤身而黑鬣。中，谓服马，服马在中，故曰中也。騧，黄马而黑喙。骊，马黑色也。龙盾，画龙于盾，龙盾之合者，言马亦如龙然，与之合称也。軜，骖马内辔也。觼，环之有舌者。軜系于车前而不用，其系也以觼，觼则用白金为之，故曰"鋈以觼軜"也。此觼于文盖作动字用，又不可不知也。在邑，在边邑也。期，期限，期满则当归，故曰"方何为期"。胡然我念之，念发于不自觉，不欲念而不由得不念,即己亦以为诧,故曰胡然。此虽二字,而写思妇之情,真是入木三分,可谓神笔矣。驷,四马,以薄金为甲而被之,故曰俴驷,浅犹薄也。孔,甚也。群,言其协调而进止齐一也。厹,三隅矛也。錞,与镦同,矛之下端,所以顿于地者。伐,一作戗,盾之较小者,伐其假借字也。蒙,尨也,画杂羽于伐上,其文尨尨然,故曰蒙伐。苑,草木郁结貌,用以形容杂羽之文,"有"字则无义也。虎韔,以虎皮为韔。膺,韔之缝合处,如人之膺。镂然,金以饰之,故曰镂膺。交韔二弓,颠倒二弓纳于韔中也。闭,弓檠也,以竹为之,曰竹闭。绲,绳也,縢缠结之。言以竹闭置于弓里而更以绳缠结之,使不走样也。载寝载兴,思之深而起居不宁也。良人,即君子也。厌厌,安也。得音,谓声闻也。秩秩,和也。期其身体之安,而又望其声闻之和,私情公义,兼行而不悖,此《小戎》之诗所以不同于寻常之闺思也。

七　月

　　七月流火,九月授衣。一之日觱发,二之日栗烈。无衣无褐,何以卒岁。三之日于耜,四之日举趾。同我妇子,馌彼南亩,田畯至喜。

　　七月流火,九月授衣。春日载阳,有鸣仓庚。女执

22

懿筐，遵彼微行，爰求柔桑。春日迟迟，采蘩祁祁。女心伤悲，殆及公子同归。

七月流火，八月萑苇。蚕月条桑，取彼斧斨，以伐远扬，猗彼女桑。七月鸣鵙，八月载绩。载玄载黄，我朱孔阳，为公子裳。

四月秀葽，五月鸣蜩。八月其获，十月陨箨。一之日于貉，取彼狐狸，为公子裘。二之日其同，载缵武功，言私其豵，献豜于公。

五月斯螽动股，六月莎鸡振羽，七月在野，八月在宇，九月在户，十月蟋蟀入我床下。穹窒熏鼠，塞向墐户。嗟我妇子，曰为改岁，入此室处。

六月食郁及薁，七月亨葵及菽，八月剥枣，十月获稻，为此春酒，以介眉寿。七月食瓜，八月断壶，九月叔苴，采荼薪樗，食我农夫。

九月筑场圃，十月纳禾稼。黍稷重穋，禾麻菽麦。嗟我农夫，我稼既同，上入执宫功。昼尔于茅，宵尔索綯。亟其乘屋，其始播百谷。

二之日凿冰冲冲，三之日纳于凌阴。四之日其蚤，献羔祭韭。九月肃霜，十月涤场。朋酒斯飨，曰杀羔羊。跻彼公堂，称彼兕觥，万寿无疆。

此《豳风》也。八章，章十一句。风诗之中，文字以此为最繁富者矣。顺节序之变迁，写农家之生活。自衣食居处，

23

以至田猎祭祀、宴飨劳役,无不备具,而中间穿插以虫鸟之形态,男女之情感,养老尊上之大义,不独体制完整,亦且声色烂然。旧说以为周公所作,未有实据,然要之非寻常手笔所能为也。今人以此诗"为公子裳"、"为公子裘"及"上入执宫功"等语,据为古代上层阶级剥削农民之例证,此在史家根据唯物史观,处理史料,自合如是。惟是就诗言诗,则实多欢舞之情,殊无怨憾之意。窃以为每一种社会制度,在其发展过程中,亦有较为完善一段时间,此时上虽取下之劳力以自养,而亦能使下有以遂其生,于是上下相安,得暂维持于不敝。此诗之作,盖正当周之盛时,故其文多歌颂而无讽刺,准之人情则然。若必以后世王朝暴君诛求无厌,因之下民愁怨斗争激烈,一概视之,则亦非实事求是之道也。七月九月,皆以夏正言也。周自有正,以十月为正月,而诗用夏正者,农事惟夏正为合,而在民间固两者并行也。火,大火,心星也。流者,下而西流也。衣,寒衣也。言授衣者,衣出于妇人之手,而他人受之,故曰授也。言日者,一日寒于一日,不可以月计,而当以日计也。故日者急辞也。下三之日四之日亦同。三之日即一月,四之日则二月。不曰一二而曰三四者,承上文而顺言之也。觱发者,风之寒;栗烈者,气之寒也。气之寒者,虽无风而亦寒也。褐,毛布,今北方所谓毡也。卒岁犹今言度冬。无衣无褐何以卒岁,申上授衣不得不急之意,乃假设之辞,非真谓无衣无褐也。耜,田器也。古无犁,耕以耒耜,耒,揉木为之,耜其端之金也。于耜,始修耒耜也。耕则以足蹋之使入土,故曰举足也。妇子,妇人与儿童也。馌,饷也。壮者耕而妇子饷,今犹有然者矣。曰南亩者,谓其向阳也。田畯,督农之官,汉犹有之,所谓啬夫者是也。至喜者,至而见农之勤于耕种,因为之喜也。

阳,温也,载犹始也。春日、载阳,承上章三之日四之日数之,盖三月时也。仓庚,黄鹂也。有鸣仓庚,先鸣而后仓庚者,听其鸣而后知其为仓庚也。懿筐,深筐也。遵,循也。微行,细径也。柔桑,嫩桑,蚕始生,食叶宜嫩也。迟迟,日舒展也。蘩,白蒿,古以为菹,亦用于祭祀,故采之。祁祁,言采之者众多也。殆,几也。殆及公子同归,庶几与公子同归,羡望之之辞也。望之而未必得,故先云伤悲。当春日而虑及终身,是女子之恒情也。

获,苇芦也。取萑与苇,以为饲蚕之曲薄,不言取者,省文也。蚕月,蚕事之月,不言几月者,蚕有早晚,不能定其为何月也。条桑者,蚕食急。不暇一一摘其叶,因连条而断取之也。远扬,枝之远而扬起者,人手之所不及,故取斧斨以伐之。斨亦斧类也。女桑,矮桑,树之未久者。猗与掎同,特挦取其叶,不欲伤其枝也。鵙,伯劳鸟也。绩,绩麻,载绩,始绩也。叙蚕者连章而叙绩只一句者,治麻之事原较简于治丝,又于文不能无详略也。玄黄,谓染功也。古者玄衣

25

而黄裳,所以象天地也。黄之深而赤者为朱。孔阳,甚鲜明也。是皆兼丝与麻而统言之。为公子裳,为是以厚之也。

萎,狗尾草也。不华而实曰秀。蜩,蝉也。北人谓之都了,苏杭间谓之知了,皆蜩音之缓读也。获,禾熟而收割也。箨,枯叶。陨,坠也。于貉,往猎貉也。貉、狐、狸三者形似而种别,狐、狸贵而貉贱,故貉自取用之,狐、狸则以为公子裘也。同者,众出而同猎。因田猎以习武事,故谓之武功。缵,继,继前年之绩也。豵一岁,豜三岁,私其小而献其大者于公,亦为公子裳、为公子裘之意也。

斯螽,螽也。蚱蜢之属。莎鸡,络纬也。螽之鸣也以脱,莎鸡之鸣也以羽。故一曰动股,一曰振羽,此诗人体物之亲切也。蟋蟀由在野而在宇在户以至入床下,天气渐寒,虫亦渐近人以取暖,宇者簷之下也。穸,鼠出入之孔道,窒,塞也。熏鼠必塞其孔道,故先言穸室而后言熏鼠。熏,以烟熏之也。向,北出之牖也。墐,以泥泥其缝隙也。改岁犹今云过年。曰犹聿也。入此室处,避寒而处于室中,不复出而作劳也。此仅言妇子者,壮妇犹有公宫凿冰之事,固未得便休也。

郁同栯,即郁李也。薁,蘡薁,今草莓一类,蔓生。葵,今湘人尚种之,所谓冬苋菜也。菽,大豆也。郁、薁,果也,生啖之,故曰食。葵、菽,蔬菜也,必熟而食之,故曰亨。亨今字作烹,煮也。剥与扑通,杜甫诗云"堂前扑枣任西邻"是也。扑者,击而落之也。春酒,今谓之冬米酒,亦曰冻醪。盖冬酿而春饮,故或以冬名之,或以春名之,一也。酒于获稻下言之者,古酿酒多以稻也。眉寿,人老则眉生毫,以是为寿徵,故云眉寿也。介者,助也。古者酒以养老,介寿犹今云添寿矣。壶,瓠也,重言之则曰壶芦,亦曰葫芦。古瓠亦食其叶,《小雅·瓠叶》之诗云"幡幡瓠叶,采之亨之"是也。此则食其实,故别之曰断,断者自其蔓断而取之也。叔,掇也。苴,麻子。《周礼》三农生九谷,注以稷、秫、黍、稻、麻、大豆、小豆、大麦、小麦为九谷,则古固以麻为饭,不独沤之取其缕以为布也。荼,苦菜。樗,今臭椿也,材不中用,故云新樗,伐之以供薪也。食我农夫,食读同飤,以食食人也。农夫而曰我者,诗人我之,示其亲爱也。

筑,筑地而坚之。场圃连言,先以为圃,今以为场也。圃,菜圃,场,打谷场也。纳禾稼者,禾已成熟收而纳之,今所谓登场也。言黍稷、又言重穋者,后熟者重,先熟者穋,如今稻有早晚也。重,一作种,读如重叠之重。若种植字本作種,今乱之久矣。先已言"纳禾稼",兹复又云"禾麻菽麦"者,麻菽麦早时所获,因上禾而追叙之,为下"我稼既同"发端也。同者,总也,言一岁之所种植,无有不登也。禾本百谷之统名,以实言曰谷,连秸藁言之则曰禾也。上入执宫功,上与尚同,对既言之。宫功,公室官府之役也。执,言其义之所当任。入者,由野而入于都邑也。于茅,往取茅也。

索綯,綯之以为索也。乘屋,升屋而葺治之也。屋者,农夫自己之屋,于茅索綯,并为自己治屋之需,故两言"尔"以明之。亟者,急也。所以急者,为来岁之始又将播种百穀,不复有暇及此,故其始播百穀云者,申其不得不急之由也。农夫终岁之勤也如此,故言我农夫而先之以嗟辞,所以闵其劳也,与上嗟我妇子之意同。

凿冰,取冰于山泽也。冰坚,不凿之则不可得而取。冲冲,凿之之声也。凌阴,藏冰之地,凌者,凝也,惟山谷阴寒之地,冰可以凝而不融,故谓之凌阴。汉未央宫有凌室,此后世则然。古但因其地势而积之,注家即以凌阴为冰室,殆非。羔,羊子,献羔祭酒,仲春祭祖庙也。于是时而始开冰用之,故曰"四之日其蚤",蚤与早同,言莫先于此也。肃霜,气肃而霜降也。涤场,禾稼纳毕,涤除场地以为会,下文"朋酒斯飨,曰杀羔羊"是也。飨,飨燕。朋,宾朋。旧注以朋为两尊之名,则飨者飨谁乎?知据《乡饮酒礼》以为说,而不顾本文之情事,亦注家之失也。曰与上"曰为改岁"之曰同。曰杀羔羊,于是而杀羔羊也。或羔或羊,是谓羔羊。公堂,君之堂也。上升曰跻。称,举也。兕觥,以兕角为之,君子爵也。朋酒斯飨,乡人自相为燕,此则君以燕乡人,乡人因举君子爵,而祝君子寿,万寿无疆者,祝辞也。后之乡人饮酒礼殆导源于是。若前涤场之飨,与此自为两事。注多混而同之,而诗之本义失矣。此诗文繁事复,又其名物多与今日常言者异,故特详为释之,后不能尽然也。

鸱 鸮

鸱鸮鸱鸮,既取我子,无毁我室,恩斯勤斯,鬻子之闵斯。

迨天之未阴雨,彻彼桑土,绸缪牖户,今女下民,或敢侮予。

予手拮据,予所捋荼,予所蓄租,予口卒瘏,曰予未有室家。

予羽谯谯,予尾翛翛,予室翘翘,风雨所漂摇,予维音哓哓。

五章,章五句。《序》云,周公救乱也。考《尚书·金縢篇》云:"周公居东二年,则罪人斯得。于后公乃为诗以贻王,名之曰鸱鸮。"是诗为周公所作,《书》有明徵,《诗·序》之说,殆不可易也。全诗托为鸟言以告,所谓比也。鸱鸮,恶鸟,攫鸟子以为食者,俗所谓猫头鹰是也。连言鸱鸮者,呼其名而诉之,公之意盖以谓管、蔡也。既取我子者,二叔流言,公将不利于孺子,而成王惑之,子以谓成王也。室,以喻王室,毁我室,《序》之所谓乱也。恩,恩爱,承上"子"字言。勤,勤劳,承上"室"字言。鬻与育通,闵即悯也。三

"斯"字皆语辞。言恩勤如此,凡以为育子之故,固甚可怜悯也。迨,及也。彻与撤同,剥而取之也。桑土,桑皮也。牖以通光明,户以便出入,皆室之所必备,绸缪者,经经营营,绵密而固结也。下民,犹言下人。或敢侮予,言有敢侮予者乎,反言之以见其不然也。拮据,劳极而木僵也。荼,苇苕。与前采荼之荼字同而名异。租,藁也。卒,尽。瘏,病也。曰予未有室家,云所以如是勤劬者,为未有室家之故也。谯谯,一作燋燋,憔悴也。翛翛,短敝也。翘翘,高而危也。哓哓,急而哀也。首章双提我子、我室,而后三章独专言室者,室存则不可复,室亡则子欲存而不得也。孔子读"迨天之未阴雨"章,而赞之曰:"为此诗者其知道乎。能治其国家,谁敢侮之。"读此诗者能如孔子,庶可谓通于诗道者矣。

东　　山

　　我徂东山,慆慆不归。我来自东,零雨其濛。我东曰归,我心西悲。制彼裳衣,勿士行枚。蜎蜎者蠋,烝在桑野。敦彼独宿,亦在车下。

　　我徂东山,慆慆不归。我来自东,零雨其濛。果臝之实,亦施于宇。伊威在室,蟏蛸在户。町疃鹿场,熠燿宵行。不可畏也,伊可怀也。

　　我徂东山，慆慆不归。我来自东，零雨其濛。鹳鸣
于垤，妇叹于室。洒扫穹室，我征聿至。有敦瓜苦，烝
在栗薪。自我不见，于今三年。

　　我徂东山，慆慆不归。我来自东，零雨其濛。仓庚
于飞，熠燿其羽。之子于归，皇驳其马。亲结其缡，九
十其仪。其新孔嘉，其旧如之何。

　　此周公东征时诗，其为军士之作抑诗人代军士所作，则
无从徵考矣。我，我军士也。东山犹山东。当时周都在镐，
由镐而出师征伐管蔡商奄，皆由岐荆终南而东，故谓之山东
也。慆即"日月其慆"之慆，叠言之则久义也。零，落也。
濛，雨貌。曰归，聿归也。裳衣，戎服，即成十七年《左传》所
云"有靺韦"之附注，若后世之袴褶。《朱子集传》以裳衣为
平居之服，误也。制彼裳衣，盖整装而归，此时安得有平居
之服乎？勿与无通。枚即《鲁颂·閟宫》"实实枚枚"之枚，
枚有密义。行枚者，出兵之时，潜师暗进，是密行也。今归
则无须若是，故云"无士行枚"，以见今昔安危之殊异。上所
云"西悲"者，是喜极而悲，出征而得生还，原非始料所及，
《诗·序》云一章言其完者，盖谓是也。蠋，桑虫也。蜎蜎，
蠕动貌。烝，众也。敦，犹团也，踡跼而卧，故谓之团。在车
下者，避雨也。果蠃，今曰栝楼，果、栝，蠃、楼，并一声之转，
蔓生，其实似王瓜，根多淀粉，所谓天花粉者是也。施，读如
易，延也。伊威，鼠妇，俗谓之骨朵虫，生于阴湿之处。蟏

蛸,蟢子也。町畽,畦圃也。鹿场者,地无人种,鹿时来游处也。熠燿,萤也,宵行夜飞也。自果臝以下,皆出之臆想之辞。故《序》云"二章言其思也"。思者,思离家日久,景物荒凉当如是也。不可畏也,也当读如耶,言其可畏也。虽可畏,而终怀念不能去,故即接曰"伊可怀也"。伊犹惟也。鹳,灰鹳。垤,高地也。鹳鸣于垤,途中所见也。妇叹于室,意中所想也。洒扫穹室,我征聿至,则代为之词。《序》云"三章言其室家之望女也"。实则室家之望,亦只在征人意境之中,观下文可见。不然,"我来自东,零雨其濛",写征人方在道途,忽辍笔而更写其妻子之叹息,写其洒扫穹室,以待征人之归,后又回笔再写征人心中所追念三年前离家之时、团团之瓜蔓生栗薪之上一段光景,倏东倏西,又安得有此支离之文字乎?栗薪者,栗树而析之以为薪者也。熠燿其羽,如《小雅·桑扈》言"有莺其羽",皆以实字作状字用。"桑扈之羽,其黄如莺",则云"有莺其羽";"仓庚之羽,其耀如萤",则云"熠燿其羽"也。朱子以是疑熠燿不得为萤火之名,殆未之深考也。之子,称女子,归谓嫁也。"之子于归"以下亦设想之辞,不得作实事会。《序》云"四章乐男女之得及时也"。得者,犹今云可能,其为将然而非已然甚明也。"皇驳其马",欲写其人,先写其马,黄白曰皇,骝白曰驳,既皇且驳,以见其文采之盛也。缡,新妇之饰,后世之所谓香缨也。亲结之者,盖亲迎之时,由壻结之,以示夫妇之分之定也。九十其仪,言女子仪容之盛,犹后世言仪态万方也。新者,新婚。孔,甚。嘉,善也。旧即上章已婚之士,新婚相善如此,旧之有家室者其喜于重见可知,如之何者,故作调侃之词,非因疑而设问也。

鹿　鸣

呦呦鹿鸣,食野之苹。我有嘉宾,鼓瑟吹笙。吹笙鼓簧,承筐是将。人之好我,示我周行。

呦呦鹿鸣,食野之蒿。我有嘉宾,德音孔昭。视民不恌,君子是则是效。我有旨酒,嘉宾式燕以敖。

呦呦鹿鸣,食野之芩。我有嘉宾,鼓瑟鼓琴。鼓瑟鼓琴,和乐且湛。我有旨酒,以燕乐嘉宾之心。

此《雅》诗之第一篇也。雅者正也。其事关乎政事之兴废,则谓之雅。故《序》云"《鹿鸣》,燕群臣嘉宾也"。又云"《鹿鸣》废,则和乐缺矣。和乐缺者,谓上下之情乖刺而不通也"。以《诗》之体格言之,则《雅》多庄语而尠曼辞,此其与《风》不同者也。《鹿鸣》之为燕嘉宾,于文甚明,而《序》兼言燕群臣者何?平时则君臣,燕时则宾主,嘉宾即群臣,非有二也。呦呦,鹿鸣声。苹,藾蒿也。瑟谓之鼓者,鼓犹操也。簧笙中簧,金薄□也。鼓簧之鼓,仅为动义,言笙吹而簧自动也。承筐者,筐有所承,谓币帛也。古者燕飨,酒食之外,复有酬侑之币,所以致其殷勤也。将者,奉送之。好我,与我相好也。周,至也。行,道也。终言"人之好我,示我同行"者,申上所以殷勤之意,期宾能以至道告我,庶不虚此燕乐之好也。孔昭,甚昭著也。恌同佻,偷薄也。视民不恌者,使民视之不偷薄也。是则是效,即则之效之。君子对民言,在下则民,在上则君子。此互文,言上下皆视而则效之也。旨酒,美酒。式犹用也,言嘉宾用此旨酒以燕以敖也。苓,草名,蔓生,叶如竹,生于下湿之地。湛与耽同,乐之甚也。燕乐,安乐也。三章,章八句。

节 南 山

节彼南山,维石岩岩。赫赫师尹,民具尔瞻。忧心如惔,不敢戏谈。国既卒斩,何用不监!

节彼南山,有实其猗。赫赫师尹,不平谓何。天方荐瘥,丧乱弘多。民言无嘉,憯莫惩嗟。

尹氏大师,维周之氐;秉国之均,四方是维。天子是毗,俾民不迷。不吊昊天,不宜空我师。

弗躬弗亲,庶民弗信。弗问弗仕,勿罔君子。式夷式已,无小人殆。琐琐姻亚,则无膴仕。

　　昊天不佣，降此鞠讻。昊天不惠，降此大戾。君子如届，俾民心阕。君子如夷，恶怒是违。

　　不吊昊天，乱靡有定。式月斯生，俾民不宁。忧心如酲，谁秉国成？不自为政，卒劳百姓。

　　驾彼四牡，四牡项领。我瞻四方，蹙蹙靡所骋。

　　方茂尔恶，相尔矛矣。既夷既怿，如相酬矣。

　　昊天不平，我王不宁。不惩其心，覆怨其正。

　　家父作诵，以究王讻。式讹尔心，以畜万邦。

　　十章。前六章，章八句，后四章，章四句。此为家父所作，诗有明文，其刺师尹为政不平，亦无烦诠释。顾仅称尹氏而不举其名者，非有所畏避也，特以其世秉国均，故概称其氏，《春秋》家所谓"讥世卿"者此也。节同巀，高峻貌。南山，终南山也。岩岩，积石貌。赫赫，显盛也。民具尔瞻者，民俱注视尔也。惔同炎，如炎者如焚也。不敢戏谈，见所言关系之重，欲听之者之勿忘也。国谓四方之国，卒斩者，尽与朝廷断绝也。监者，视之以为戒也。实，谓山间之草木，凡器之所盛曰实，草木生于山，犹物之盛于器，故亦称实也。猗者倚也，山之生草木，偏倚不齐，如山阳则茂盛，山阴则稀疏，以兴下云不平也。谓何，犹奈何，"不平奈何"即奈何不平，倒言之也。荐同洊，薦瘥者，疫病相仍也。弘多，大多也，丧乱之事非一，故言大多。民言无嘉，民困而怨，无好言也。上章言四国之叛，此章言国人之怨，危愈甚，祸愈迫也。

憎同曾，声之近也。憎莫惩嗟，惩字当顿，嗟为叹解，不与上属也。惩者，惩创，伤于前而改其后也。莫惩，则是安于旧恶而终不改，可叹孰甚于此，故以嗟叹终之也。尹氏大师即师尹，大师于周为三公，位之最尊者也。氏同柢，根也、本也。均，陶人所用，旋转之以取匀称之具也，故均有平义。大师秉国之政，而托喻于均者，承上不平言，谓其宜平也。维，谓维系之。毗，辅也。俾，使也。迷，惑也。不吊犹今云不幸，称昊天者，呼天而愬之也。师，众也。空与穷同，空我师者，使我众民并陷于困穷也。躬，为亲其事。亲，谓接其人。仕，察也。夷，平也，已，止也。勿罔君子、无小人殆，君子、小人对文，言勿罔于君子，无殆于小人。罔者不明，殆者不安。君子也而疑之，是谓之罔，小人也而近之，是谓之殆。疑君子，由于弗问弗察，近小人，由于不平不已，而一反言之，一正言之，所以变文以取致，又以见"惟问惟察"乃能平能止也。止者，止于其所，所谓当也。姻，婚姻男女之亲也。亚今作娅，俗所谓连襟也。琐琐，言其细也。膴，厚也。膴仕，谓厚任用之，予以高位重禄也。佣同庸，常也。惠，顺也。鞠，极也。訩同凶。戾，害也。届，至也，谓周至。阕，息也。违，离去也。上言心息，下言恶怒是违，心即恶怒之心，恶怒违即心息，互文以相足也。此君子指在位言，与上君子对小人者异。月同刖，折也。"刖斯生"者，摧折民之生计，下云"俾民不宁"者由此也。酲，酒病也。成。如成算之

成,国成者,国之计算规划也。劳,㿃也。项领,大领,驾久
而领肿大,言其病也。骋,驰也。"靡所骋"者,四方皆乱,无
所往之地也。蹙蹙,犹局促也。茂,盛。恶即上恶怒之
恶,旧读作善恶之恶,非是。恶与下怿字对,怿为悦怿,则恶
为恶怒可知。此言民方盛恶尔时,自与尔相枝格,若其既夷
而悦怿,则且相为酬对,非不可也。矛作动字用,故训为枝
格,盖即斗争义也。"我王"承上"天子"言。"王不宁"者,见
所以毗天子者失其道也。覆,反也。"覆怨其正"者,不自惩
改而反怨恨人之规正己也。家父,周之大夫,父其字也。称
字者,作诗之例则然,非不敢暴其名也。不曰诗而曰诵者,
作是诗,本以诵之于王也。"究王訩"者,穷究王之所以凶,
在师尹之非其人也。讹,化也。"式讹尔心"者,冀王之改易
其心,黜师尹而别任贤能也。"蓄万邦"者,养万邦也。知此
尔指王而与上尔指师尹异者,尹既不惩其心而覆怨其正矣,
安能更以讹其心望之。且尹既无可望,斯不得不望之于王,
望之,所以欲为王诵之,作诗之意固在卒章也。王,幽王,西
周之末主。观于此诗,知其亡实不仅由宠一褒姒也。

敬　之

　　敬之敬之,天维显思,命不易哉。无曰高高在上,

37

陟降厥士,日监在兹。维予小子,不聪敬止。日就月
将,学有缉熙于光明。佛时仔肩,示我显德行。

此《周颂》也。颂者,宗庙祭祀之乐歌,此篇乃箴戒之
辞,而列之于颂者,意者生时常颂之,死后纪念其事,遂用之
于祭祀耳。《序》谓"群臣进戒嗣王",则作者群臣;或以为成
王自箴,则作者成王也。两说不一。窃谓当合而观之。朱
子《集传》以前六句为成王受群臣之戒而述其言,后六句为
成王自为答之之言,推寻文义,分画甚明。考《尚书·皋陶
谟》,帝舜歌曰:"股肱喜哉,元首起哉,百工熙哉。"皋陶乃赓
载歌曰:"元首明哉,股肱良哉,庶事康哉。"又歌曰:"元首丛
脞哉,股肱惰哉,万事堕哉。"古人歌诗,一酬一唱,往往有
之。即安知此诗非群臣进箴而成王赓之,后因合而为一者
欤?然则朱子之说成王述群臣之戒,犹未为能尽其实也。
敬者,敬其事也。显,明也。命,天命。"命不易"者,古者以
天子为受天之命,而此命不易当也。高高在上,谓天也。陟
降,犹升降。厥,犹其也。士与事通。监,视也。陟降二句
互文,犹云天日日陟降在此,而监视其所事。故不得谓天为
高高在上也。予小子,王自称也。"不聪敬止",聪,谓听受
人言,因不听受人言,遂至不敬其事,故以聪敬连说。止,语
辞无义。将,犹进也。缉,继续。熙,扩充。言虽未能进,然
愿学之,日有所就,月有所进,继续之,扩充之,以至于光明
也。佛同拂,亦通弼,辅而正之也。时同是。仔肩一义,承

上天命言，谓所负荷国事之重，而望群臣有以辅正之，示之以明显之德行也。诗一章十二句。虽带有宗教气味，然其忧勤不懈与谦以纳言之意，亦后人所宜学，且颂之为体与风、雅迥异，不可不知，故特选录一篇，以见其概略云。

　　自汉五言兴，而四言渐微。其间虽不乏作者，如东方朔之《诫子》、仲长统之《述志》、嵇康之《幽愤》、束皙之《补亡》，大抵说理者多，言情者寡，雕琢之功多，自然之趣寡，于《雅》尚近，于《风》则远，盖比兴之旨几乎熄矣。兹选汉末之曹操、晋末之陶潜两家，以为四言之殿。一取其豪放，一取其秀逸，要之皆近乎自然者也。陶公以后，遗响殆绝，遂不复采录焉。

曹操

短　歌　行

　　对酒当歌，人生几何。譬如朝露，去日苦多。慨当以慷，忧思难忘。何以解忧，惟有杜康。青青子衿，悠悠我心。但为君故，沉吟至今。呦呦鹿鸣，食野之苹。我有嘉宾，鼓瑟吹笙。明明如月，何时可掇。忧从中来，不可断绝。越陌度阡，枉用相存。契阔谈讌，心念旧恩。月明星稀,乌鹊南飞。绕树三匝,何枝可依。山不厌高,海不厌深。周公吐哺,天下归心。

此孟德言志之作。志在天下,首须网罗豪杰之士。故藉用三百篇《子衿》、《鹿鸣》之辞以发其端,而后引周公吐哺之事以终其意。其叹人生之短,忧思之苦,皆以功业之难就,人才之未归。对酒之时,不觉触动此情,因以歌之。非真欲藉酒以解忧也。题曰《短歌行》者,汉乐府有《长歌行》、《短歌行》,此仿其声耳。行犹曲也,言其流动而不滞,故谓之行。譬如朝露二句,言来日少而去日多,人生若朝露之不久,盖倒文也。慨慷双声,慷亦慨也。但此言慨当以慷,犹诗云"和乐且湛",湛甚于乐,慷亦甚于慨也。杜康周时人,善酿酒者。此则用以代言酒也。《子衿》,《诗·郑风》之一篇,"青青"二句并诗原文。衿,领也。青衿,当时学者之所服。悠悠者,怀念之久且切也。沉吟犹沉思,念念于心曰沉思,念之于口则曰沉吟也。"明明如月"承上"子衿"、"嘉宾"言,言其可望而不可得。掇者,拾取之也。阡陌,田间道。枉如枉驾之枉,屈也。存,存问也。契阔,勤劳也。追述昔时过从之谊,谈讌之勤,故曰"心念旧恩"。既思新好,因及旧欢。希与稀同。三匝,三周也。吐哺,见《史记·鲁世家》,周公戒伯禽曰:"我一沐三握发,一饭三吐哺,起以待士,犹恐失天下之贤。"吐哺者,已食而复吐之也。口中嚼食之物曰哺。

龟虽寿

　　神龟虽寿，犹有竟时。腾蛇乘雾，终为土灰。老骥伏枥，志在千里。烈士暮年，壮心不已。盈缩之期，不独在天。养恬之福，可得永年。幸甚至哉，歌以咏志。

　　此题即取诗首句，犹是三百篇之遗法也。竟，尽也。腾亦作螣，蛇之能乘云雾而腾上者。骥，千里马，产于冀地，故字从冀。枥，马枥，养马之所也。烈士，义烈之士。盈缩，言寿之修短也。养恬一作养怡。庄子曰："古之治道者，以恬养知，生而无以知为也，谓之以知养恬。知与恬交相养，而和理出其性。"此养恬之所本也。恬谓恬静、恬淡。故今从之。末二句至、志相叶，哉字不入韵，亦与三百篇同例。

陶潜

　　《晋书》作潜字元亮。《宋书》则作潜字渊明。又曰，或云渊明，字元亮。后人因谓入宋后改名潜，未可信。

停　云

序曰：停云，思亲友也。罇湛新醪，园列初荣，愿言不从，叹息弥襟。

霭霭停云，濛濛时雨。八表同昏，平路伊阻。静寄东轩，春醪独抚。良朋悠邈，搔首延伫。

停云霭霭，时雨濛濛。八表同昏，平陆成江。有酒有酒，闲饮东窗。愿言怀人，舟车靡从。

东园之树，枝条载荣。竞用新好，以怡余情。人亦有言，日月于征。安得促席，说彼平生。

翩翩飞鸟，息我庭柯。敛翮闲止，好声相和。岂无他人，念子实多。愿言不获，抱恨如何！

此诗刻本或作一首，或作四章。以前二章观之，其分章有是也。诗意序言甚明。顾亲友云者，亦谓同调之人耳，非直寻常亲友已也。湛，如《小雅》"湛湛露斯"之湛，谓酒浓而溢出也。读丈减切，与前"和乐且湛"之湛不同，彼假借，此其本义也。醪，浊酒。弥襟，犹满怀也。霭霭，云集貌。八表犹八方，八表同昏，喻言世之乱也。伊阻，阻也，伊字无义。轩，檐前也。抚犹把也。幽隐，邈远也。延，延望。伫，久立也。余同予。于征犹于迈，往也。促，迫也，促席，坐席相迫近也。翩翩，疾飞也。柯，树枝也。翮，鸟翼之大羽。

敛,收也。不获,不得所愿也。

时　　运

序曰:时运,游暮春也。春服既成,景物斯和。偶影独游,欣慨交心。

迈迈时运,穆穆良朝。袭我春服,薄言东郊。山涤馀霭,宇暧微霄。有风自南,翼彼新苗。

洋洋平津,乃漱乃濯。邈邈遐景,载欣载瞩。人亦有言,称心易足。挥兹一觞,陶然自乐。

延目中流,悠悠清沂。童冠齐业,闲咏以归。我爱其静,寤寐交辉。但恨殊世,邈不可追。

斯晨斯夕,言息其庐。花药分列,林竹翳如。清琴横床,浊酒丰壶。黄唐莫逮,慨独在余。

时运,谓时节之运行也。春服既成,用《论语》曾皙语,彼文云:"暮春者,春服既成,冠者五六人,童子六七人,浴乎沂,风乎舞雩,咏而归。"所谓游暮春,以及诗中清沂、童冠、闲咏之语,皆本此为说。故知意有所托,非直游而已也。偶影,惟与影为偶也。欣慨交心,游固可欣,独则不能无慨也。迈迈,过而不留也。穆穆,和也。袭,衣着也。薄言东郊,且游于东郊也。不言游者,省文。霭,云气,此作实字用。涤者,涤除之也。宇,天宇。霄,云之薄而将消者。暧犹翳也。翼者,如鸟之翼其雏,言煦育之也。津,渡口。洋洋,水广也。遐景，远景也。嘱，属目，视也。"人亦有言"二句，一作"称心而言，人亦易足"，以上篇之例准之，作"人亦有言"为合，且于文义亦较衔接，故定从此本也。觞，酒卮。挥者，古饮酒毕则挥之，《礼记》"饮玉爵者弗挥"，注云"振去馀酒曰挥"是也。寝寐交辉，言心地之明净也。庐，草舍。翳如，如有覆盖，言阴暗也。床，琴床。黄唐，黄帝与陶唐氏。莫逮者，不及此盛事也。慨独在予，叹世人悠悠，不知慨即此，所以游惟独游也。

归　　鸟

翼翼归鸟，晨去于林。远之八表，近憩云岑。和风弗洽，翻翮求心。顾俦相鸣，景庇清阴。

翼翼归鸟，载翔载飞。虽不怀游，见林情依。遇云颉颃，相鸣而归。遐路诚悠，性爱无遗。

翼翼归鸟，驯林徘徊。岂思天路，欣反旧栖。虽无昔侣，众声每谐。日夕气清，悠然其怀。

翼翼归鸟，戢羽寒条。游不旷林，宿则森标。晨风清兴，好音时交。缯缴奚施，已倦安劳。

此当是渊明去彭泽令赋《归去来辞》后之作。托意于归鸟，正三百篇比兴之遗音也。翼翼者，接翼而归，鸟非一鸟，故叠言翼翼也。之,往也。憩,息也。岑,山小而高,其高入云,因曰云岑也。弗洽,弗合也。翻,反也。求心,求其心之所安也。俦,同类也。景通影。翔,张翼也。颉颃犹低昂也,飞而上曰颉,飞而下曰颃。遐路犹远路。悠亦远也,此指归路之远言,故曰性爱无遗。无遗者,不失也。驯,习也。天路喻朝宁。反一作及,及,至也,意亦通。侣,犹俦也。谐,和也。悠然,超远也。戢羽犹敛翮,条犹柯也。标,木杪。森,谓高出也。兴,起也。矰,弋者所用短矢也。矢有丝缕系之,是为缴,故连言之曰矰缴,缴读若灼。奚施,何施也。安劳,何劳也。言奚施,又言安劳者,极言无意于世途,不劳人之相求、相迫也。

五　言　诗

　　至汉五言诗盛。说者或谓起于苏、李之相赠答，或谓起于《十九首》。以今观之，则皆未然。何也？事物发展，必有其渐。是岂一二人所能创为之者哉。考之诗三百篇，如《卫风》之《木瓜》，《魏风》之《十亩之间》，即全以五言成篇。他如《暇豫之歌》见于《国语》，《沧浪之歌》见于《孟子》，亦皆五言也。然则五言实滥觞于周秦之代，特至汉而波澜壮阔，其体始完备耳。故兹选先谣谚，后诗章，先乐府之所收，后文集之所载，正犹太师编诗，先闾里而后朝堂，夫子论礼乐，先野人而后君子之意，不徒谬附于近世贤哲艺文本末之论也。始至汉魏，至隋而止，以完古诗之局。若唐以后，律诗起而古体近体分途，歌行盛而五言七言竞骛，凡属大家，无不兼擅。是则当以人以时为经，而以诗之各体为纬，编选之法，不得同于六朝汉魏也。

汉

《史记·货殖传》引谚

百里不贩樵，千里不贩籴。居之一岁，种之以穀，十岁，树之以木，百岁，来之以德。

樵，柴薪也。籴，米穀，就买者言之，因谓之籴也。来读如徕，谓招徕人物也。

刘向《新序》引古语

蠹啄仆柱梁，蚊虻走牛羊。

蠹，蛀虫也，音妒。啄，嘴也，音秒。虻一作蝱，啮牛大蝇也。

成帝时谣见《汉书·五行志》

邪径败良田，谗口乱善人。桂树华不实，黄爵巢其颠。故为人所欣，今为人所怜。

此谣为善人遭谗而作,于文甚明。《五行志》乃谓"桂赤色,汉家象。华不实,无继嗣也。黄爵巢其颠,谓王莽。"此附会之说,不堪信。桂,香木,今药用肉桂是也。爵与雀通。

桓谭《新论》引谚

人闻长安乐,则出门而西向笑。知肉味美,则对屠门而大嚼。

长安,西汉之都城也。嚼古音如噍,嚼噍盖一声之转。

《后汉书》马廖引长安语

城中好高髻,四方高一尺。城中好广眉,四方且半额。城中好大袖,四方全匹帛。

此盖言上有好者,下必有甚焉者矣。

《山经》注引《相冢书》

山川而能语,葬师食无所。肺腑而能语,医师色如土。

《山经》注，晋郭璞所作，而以此列之于汉者，其所引书则汉时书也。

无名氏诗一首

采葵莫伤根，伤根葵不生。结交莫羞贫，羞贫交不成。

羞贫便言交不成者，势利之交不足以为交也。

又 一 首

甘瓜抱苦蒂，美枣生荆棘。利傍有倚刀，贪人还自贼。

荆棘，言刺也。蒂一作蒂，果鼻也。

又 歌 一 首

高田种小麦，终久不成穗。男儿在他乡，焉得不憔悴。

穗一作檖,憔悴一作蕉萃,一也。

古诗十九首

　　行行重行行,与君生别离。相去万馀里,各在天一涯。道路阻且长,会面安可知。胡马依北风,越鸟巢南枝。相去日已远,衣带日已缓。浮云蔽白日,游子不顾反。思君令人老,岁月忽已晚。弃捐勿复道,努力加餐饭。

　　青青河畔草,郁郁园中柳。盈盈楼上女,皎皎当窗牖。娥娥红粉妆,纤纤出素手。昔为倡家女,今为荡子妇。荡子今不归,空床难独守。

　　青青陵上柏,磊磊涧中石。人生天地间,忽如远行客。斗酒相娱乐,聊厚不为薄。驱车策驽马,游戏宛与洛。洛中何郁郁,冠带自相索。长衢罗夹巷,王侯多第宅。两宫遥相望,双阙百馀尺。极宴娱心意,戚戚何所迫。

　　今日良宴会,欢乐难具陈。弹筝奋逸响,新声妙入神。令德唱高音,识曲听其真。齐心同所愿,含意俱未伸。人生寄一世,奄忽若飚尘。何不策高足,先据要路津。无为守穷贱，轗轲长苦辛。

西北有高楼，上与浮云齐。交疏结绮窗，阿阁三重阶。上有弦歌声，音响一何悲。谁能为此曲，无乃杞梁妻。清商随风发，中曲正徘徊。一弹再三叹，慷慨有馀哀。不惜歌者苦，但伤知音稀。愿为双黄鹄，奋翅起高飞。

涉江采芙蓉，兰泽多芳草。采之欲遗谁，所思在远道。还顾望旧乡，长路漫浩浩。同心而离居，忧伤以终老。

明月皎夜光，促织鸣东壁。玉衡指孟冬，众星何历历。白露沾野草，时节忽复易。秋蝉鸣树间，玄鸟逝安适。昔我同门友，高举振六翮。不念携手好，弃我如遗迹。南箕北有斗，牵牛不负轭。良无磐石固，虚名复何益。

冉冉孤生竹，结根泰山阿。与君为新婚，兔丝附女萝。兔丝生有时，夫妇会有宜。千里远结婚，悠悠隔山陂。思君令人老，轩车来何迟。伤彼蕙兰华，含英扬光辉。过时而不采，将随秋草萎。君亮执高节，贱妾亦何为。

庭中有奇树，绿叶发华滋。攀条折其荣，将以遗所思。馨香盈怀袖，路远莫致之。此物何足贵，但感别经时。

51

迢迢牵牛星,皎皎河汉女。纤纤擢素手,札札弄机杼。终日不成章,泣涕零如雨。河汉清且浅,相去复几许。盈盈一水间,脉脉不得语。

回车驾言迈,悠悠涉长道。四顾何茫茫,东风摇百草。所遇无故物,焉得不速老。盛衰各有时,立身苦不早。人生非金石,岂能长寿考。奄忽随物化,荣名以为宝。

东城高且长,逶迤自相属。回风动地起,秋草萋以绿。四时更变化,岁暮一何速。晨风怀苦心,蟋蟀伤局促。荡涤放情志,何为自结束。燕赵多佳人,美者颜如玉。被服罗裳衣,当户理清曲。音响一何悲,弦急知柱促。驰情整巾带,沈吟聊踯躅。思为双飞燕,衔泥巢君屋。

驱车上东门,遥望郭北墓。白杨何萧萧,松柏夹广路。下有陈死人,杳杳即长暮。潜寐黄泉下,千载永不寤。浩浩阴阳移,年命如朝露。人生忽如寄,寿无金石固。万岁更相送,贤圣莫能度。服食求神仙,多为药所误。不如饮美酒,被服纨与素。

去者日以疏,来者日以亲。出郭门直视,但见丘与坟。古墓犁为田,松柏摧为薪。白杨多悲风,萧萧愁杀人。思还故里闾,欲归道无因。

生年不满百,常怀千岁忧。昼短苦夜长,何不秉烛游。为乐当及时，何能待来兹。愚者爱惜费，但为后世嗤。仙人王子乔，难可与等期。

凛凛岁云暮，蝼蛄夕鸣悲。凉风率已厉，游子寒无衣。锦衾遗洛浦，同袍与我违。独宿累长夜，梦想见容辉。良人惟古欢，枉驾惠前绥。愿得长巧笑，携手同车归。既来不须臾，又不处重闱。亮无晨风翼，焉能凌风飞。眄睐以适意，引领遥相睎。徙倚怀感伤，垂涕沾双扉。

孟冬寒气至，北风何惨慄。愁多知夜长，仰观众星列。三五明月满，四五蟾兔缺。客从远方来，遗我一书札。上言长相思，下言久离别。置书怀袖中，三岁字不灭。一心抱区区，惧君不识察。

客从远方来，遗我一端绮。相去万馀里，故人心尚尔。文材双鸳鸯，裁为合欢被。著以长相思，缘以结不解。以胶投漆中，谁能别离此。

明月何皎皎，照我罗床帏。忧愁不能寐，揽衣起徘徊。客行虽云乐，不如早旋归。出户独彷徨，愁思当告谁。引领还入房，泪下沾裳衣。

《古诗十九首》之名，昉自梁昭明太子之《文选》。自梁时言之，因谓之古诗。若就汉言汉，则亦曰"诗"而已，无为加以"古"名也。故上"采葵莫伤根"、"甘瓜抱苦蒂"二首，各选本皆作"古诗"，此但云"诗"，盖存其朔也。然上去"古"字而此不去者,古诗十九首,其名沿用已久,去"古"字,则将疑为别一十九首,而名实乱矣。故袭其旧名,所以避惑也。十九首中,"行行重行行"、"青青河畔草"、"西北有高楼"、"涉江采芙蓉"、"庭中有奇树"、"迢迢牵牛星"、"东城高且长"、"明月何皎皎"八首,陈徐陵《玉台新咏》录为枚乘所作。梁刘勰《文心雕龙·明诗篇》亦云:"古诗佳丽,或称枚叔,其孤竹一篇,则傅毅之词。比类而推,两汉之作乎?"案《昭明文选》备极矜慎,若是八篇果枚乘之诗,不应没其本名。刘勰云"或称枚叔"者,或乃疑辞,非有确据。故唐李善作《文选注》即谓:"并云古诗,盖不知作者。或云枚乘,疑不能明也。"夫疑以存疑,则从昭明为是。故即"孤竹"一篇,亦不别出为傅毅之作。至彦和所谓两汉之作,明其非出于一时,实为要语。不独枚叔为西汉人、傅毅为东汉人也。"驱车策驽马,游戏宛与洛",光武起于南阳,而以洛阳为都城。宛即南阳县名,当时贵族大都居是两地,故恒以宛洛并称。"驱车上东门,遥望郭北墓",洛阳东有三门,最北者曰上东门。郭北即所谓北邙山,丛葬之所,故曰郭北墓。此二诗出于东汉人之手,昭昭甚明。大抵十九首之次,以类不以时,观"今日良宴会"与"西北有高楼"相次,皆言歌曲,"驱车上东门"与"去者日以陈"相次,皆言丘墓,推类可知。综其大旨,不外离乡去国,感物怀人,身世之悲,迟暮之戚。托之男女,而未必志在男女,歆言富贵,而非果情萦富贵。是又当会之于语言文字之外者也。

天涯犹言天边。涯有两音,此与离、知叶,读宜不读丫也。胡马二句,皆言不忘故土,所谓兴也。日已远、日已缓,两已字并同,以言"以日而远"、"以日而缓",以日犹逐日也。缓,宽也。不言体瘦而言带宽,所谓进一步写法也。浮云蔽白日,喻谗邪之蔽贤。李白《登金陵凤皇台》诗尾云:"总为浮云能蔽日,长安不见使人愁。"盖亦此意也。加餐饭者,古以一口饭为一餐,庄子云"适莽苍者,三餐而反,腹犹果然"是也。餐一作飧。

郁郁,茂密也。盈盈,犹轻盈。皎皎,鲜明也。娥娥,端丽貌。盈盈言其体态,皎皎言其容颜,娥娥言其妆束。纤,纤细也。倡,作倡伎者,今所谓卖艺人,非如后世之倡也。倡伎字,古皆从人,今从女作娼妓。荡子,出游而不返者。今谓浪荡破家者曰荡子,亦与古不同。

陵,大丘也。磊磊,聚石貌。驽马,马之不良者。冠带,指衣冠人物言。索,求也。衢,大道。第,谓赐宅,以甲乙等第之,故谓之第。两宫,洛阳有南北宫,相去盖数里,故曰遥相望。阙宫门,两旁筑台,为楼观于上,而中阙然为道,故为之阙。戚戚一作感感,心不安也。何所迫,言何所逼迫而为是戚戚,怪之之辞也。斗酒微矣,而曰聊厚不为薄,极宴盛矣,而曰戚戚何所迫。此正如商山四皓所歌,富贵畏人,不如贫贱之肆志者。诗人之意特于两两相形中,以见苦乐之实。而解者误会,以为是睹繁华而伤贫贱,抑何舛也。

筝似瑟,十二弦,相传秦蒙恬所作。后至唐加一弦为十三。奋,起也、发也。逸,脱也,此谓脱去寻常。令德指歌者,不称其善歌而称其令德,在德不在歌,是诗人之微意也。识曲听其真,承令德言,谓不识者但赏其声,而识者则能领其声外之意。声外有意,是以谓之高言也。"齐心同所愿"二句,言识者不乏,但有意未申耳,何也? 人同此心,即应人同此识也,是又诗人之微意也。奄忽犹倏忽,言其短暂也。飚,迅风,迅风所扬之尘,是为飚尘。高足谓快马,故下策字,策,鞭策也。要路,要津,喻要职高位,犹常言当道也。轗轲,车行不利也,人不得志,因亦谓之轗轲。轗亦作坎。末四句乃愤嫉之辞,非真劝人诡道求进也。杜甫《同谷七歌》末章亦云:"长安卿相多少年,富贵应须致身早。"皆反言以致讥刺。若以为子美亦歆美富贵之士,则差之千里矣。

疏,刻穿之也。刻为绮文,故曰交疏结绮。疏言交,绮为结,盖互辞。阿阁,阁之有四阿者,四阿犹今言四法也。杞梁名殖,齐庄公之臣,死于伐莒之役,其妻哭之哀,卒投水死。孟子所谓"华周杞梁之妻善哭其夫而变国俗"者也。此特藉以言其曲之哀,故曰"无乃杞梁妻",无乃犹今言莫不是,故作揣测之辞也。清商谓商调,商于五声属秋,故其调妻清而哀怨。中曲,当曲之中也。徘徊,犹往复也。"不惜歌者苦"二句为一篇要旨,犹是前篇"识曲听其真"之意也。

黄鹄,一作鸿鹄,并雁之大者。芙蓉,荷华也。

兰,泽兰,非今之兰花也。兰泽多芳草,而独采芙蓉者,取其夫容之意也。遗读去声,馈遗,赠遗也。漫漫,浩浩,本言水,此藉以言长路,见其无际无竟也。"同心离居"四字乃一篇主要。

促织,蟋蟀也,古有里语曰:"蟋蟀鸣,懒妇惊。"促织之名,殆由此起。玉衡,斗柄也,北斗七星,一至四为斗魁,五至七为斗柄。古以斗柄所指占四时,故此云玉衡指孟冬也。顾此云"指",乃谓其将指近,盖犹是秋末之候,故促织、秋蝉尚鸣未已。注家以此疑孟冬,于时令不合,因谓此诗作于汉初沿用秦历之时。秦以亥月为首月,孟冬十月正当今之七月。若然,则是初秋,天尚炎热,玄鸟何为便逝而不返哉?此皆由看指字太死,所以孟子有"固哉高叟为诗"之讥也。玄鸟,燕也。高举,喻取高位。翮,鸟翅之大羽,左右各三,故曰六翮也。迹,行路之足迹。遗,弃而不顾也。箕斗、牵牛皆星名,《小雅·大东之诗》曰:"维南有箕,不可以簸扬。维北有斗,不可以挹酒浆。"又曰:"睆彼牵牛,不以服箱。"此盖用其意。不负轭即不以服箱,箱者车箱,轭之为言扼也,扼于牛头以驾车者。下云虚名盖本此。故前云玉衡指孟冬者,赋也;此云箕斗及牵牛者,则比兴也。辨夫此,而诗之意旨可明矣。磐石,石之盘固者,故亦通作盤。

冉冉,柔而摇动貌。兔丝一作菟丝,一种寄生植物,其茎甚细,缠绕于他种植物体上,故曰丝也。女萝,松萝也。会有宜者,言会合当以义,不可苟也。山陂,犹山阪也。悠悠,路之长也。轩车,妇人所乘车,闵二年《左传》"归妇人鱼轩"是也。来何迟者,言来迎之迟也。蕙,亦兰类,所谓薰草也,与今言春兰夏蕙异。英,英华。萎,败也。亮,与谅同。执高节,言其志节不改移也。"亦何为"承上"伤"字言,谓感伤之不必,盖故作宽慰之辞,正其怨思之切也。汉时有徵辟之制,自朝庭起用曰徵,公府或州郡招之则曰辟。此怀才不试,希求徵辟之作,故有轩车来迟之语。盖大夫车亦曰轩,其辞正相关合。若执以为男女恋爱之诗,失其旨也。

庭中,一作庭前。华滋犹言光润也。荣,华也。别言之则木曰华,草曰荣,花瓣大者曰华,小者曰荣;通言之则华荣一也。馨,香远闻也。馨香,叠言,则馨亦香也。此诗意大致与"涉江采芙蓉"同。但彼在外而思旧乡之好,此在家而思远路之人,则其异也。

河汉即天河,或曰银汉。河汉女,谓织女也。擢,举也。札札,机杼声。杼,机之持纬者,后世谓之梭。不成章,不成文彩也。脉脉,与眽眽通,相视貌。

回车,返车也。因是返车,所以下文有"所遇无故物"之语。涉,历也。茫茫,荒远貌。化,谓变化以死。"荣名以为宝"谓所以为宝者惟有荣名,盖哀之也。此诗着重立身责早,不重在荣名也。

逶迤，斜去貌。属，读烛，相属，相连也。萋通凄。萋以绿，言虽绿而色变，有凄凉之意也。晨风，《诗经·秦风》之一篇，其诗首云"鴥彼晨风"，故以晨风为名。晨风，鹯也。鴥读如聿，疾飞也。中有云"未见君子，忧心靡乐"，此所谓怀苦心也。蟋蟀，已见前所选《诗经》中，其云"今我不乐，日月其除"，"今我不乐，日月其迈"，此所谓伤局促也。荡涤，对上苦伤言，谓清洗而去之。结束犹言约束、束缚。燕赵，战国时之一国，以名倡著闻，故云燕赵多佳人。理犹调也。柱，琴瑟之柱，所以定弦者。促，亦急也。驰情，情有所系而远驰也。踯躅犹徘徊也。上云"荡涤放情志"，而终复"沈吟踯躅"者，忧思之深，固非排遣所能去也。"思为双飞燕"二句，乃沈吟意中语，谓但当如燕，傍君而以果，于愿已足。斯正前文所怀之苦心、所伤之局促。文章回旋宛转，于此始曲尽其妙。后人乃以其语义前后有似违连，又重一"促"字韵，便欲割"燕赵多佳人"以下别为一首，未为能知诗者也。

杳杳，幽暗也。长暮犹云长夜。更相送，更读平声，谓迭相送也。度，越也，谓虽圣贤亦不能免。服食，服食药也，令病人饮汤药，犹言服药。服食之服，服用也。下被服纨与素，反前诗被服罗裳衣，两被服之服，皆谓衣服之也。饮美酒，服纨素，岂遂足酬此短景而释其愁思哉？此诗人之诡辞，故作旷达耳。观美酒与纨素并举，不伦不类亦可见矣。纨，素之轻者，故古人常曰轻纨。素，帛也。去者谓死者，来

者为生者。生则亲而死则疏，此诗人之感慨也。故末云"思
还故里闾"，明不忘旧也。闾，里门也。欲归道无因，叹欲归
不得。此当是放臣之诗，与上篇意旨有别。

常怀千岁忧，如所谓子孙帝王万世之业，悯世人之贪
也。愚者爱惜费，如田舍翁之铢积寸累，悯世人之吝也。
嗤，鄙笑也。王子乔，周灵王太子晋也，弃其位而修道于嵩
山，世传其仙去，故曰仙人王子乔。王子乔仙去未可信，然
其贪吝之心则亡矣。此所以难可与等期，等期者，相等相
及也。

蝼蛄，俗所谓土狗子也。率，犹飒也。厉，严也。洛浦，
洛水之滨，指洛阳言，盖游子所在地也。欲遗以锦衾，而同
袍与我违，见遗之而不得。同袍见《诗经·秦风》，曰："岂
曰无衣，与子同袍。"夫妇有同袍之义，故此以称游子也。独
宿累长夜，累者，牵累。此与"愁多知夜长"一意，谓以夜之
长，益感独宿之苦，似为夜所累也。"良人惟古欢"以下写梦
境。古欢，旧欢也。欢一作懽，字同。古从心之字亦或从
欠。如忻欣、慊慊亦是也。枉驾犹屈驾。绥，编丝为带，把
之以升车者。惠前绥，授之以绥，欲其升车也。不曰授而曰
惠者，见相惠爱之意也。巧笑承上"古欢"言，欲欢笑无间
断，故曰常巧笑也。巧笑亦见《诗经》，一《硕人》之诗曰："巧
笑倩兮，美目盼兮。"一《竹竿》之诗，曰："巧笑之瑳，佩玉之
傩。"倩，传谓好口辅，今云酒涡也。瑳，露齿貌，齿白如玉，

故曰瑳也。合此二诗,知巧笑皆谓女子。然则"愿得常巧笑"者,盖良人之言。良人,古夫妇相称谓之辞,犹今云爱人也。须臾犹顷刻。闱,闺门也。上言同车归矣,此又怪其来不须臾,不入闺门,盖梦境之惝恍正如是。"亮无晨风翼"以下则梦醒之辞。凌风犹乘风也。眄睐,旁视也。引领,延颈。睎,遥望也。已知是梦,而犹眄睐相睎,聊以适意,盖眷念之至,觉梦亦自可喜耳。宋人词云"并梦也新来不做",正可与此对参。徙倚,倚靡而彷徨也。彷徨不定,故曰徙。扉,门扇也。

惨慄,悽惨而懔慄也。三五,十五日也。四五谓二十日。蟾兔缺,月缺也。古人谓月中有蟾蜍,又谓有兔,盖即月中暗影,其形若蟾兔然。因即以蟾兔代作月名也。"遗我一书札"盖假设之辞。古无纸时,书于木札,故曰书札。置书怀袖,三岁而字不灭,言宝爱此书之至也。下所云"一心抱区区"者即此。区区,言微忱也。知遗书为假设之辞者,若果有书,则心意相通,即不得有"不识察"之言。曰惧君不识察,正期其识察之语,而君之不识不察,固自在言外也。一端,一匹也。匹谓之端者,卷而来之,视其端即知其匹数也。尔,犹然也。著读如箸,谓充之于绵。长相思,思者丝也。缘读去声,饰边也。在饰边以组紃,组紃皆编结丝为之,故曰结不鲜也。别离此,谓分离之。

揽一作擥,提持之也。客谓游客在外者,虽乐不如归,代其盘算,实即望其归也。望其归而不得,所以出户彷徨、入房泪下也。彷徨一作徬徨,徬徨字同。

又古诗二首

上山采蘼芜,下山逢故夫。长跪问故夫,新人复何如。新人虽言好,未若故人姝。颜色类相似,手爪不相如。新人从门入,故人从阁去。新人工织缣,故人工织素。织缣日一匹,织素五丈馀。将缣来比素,新人不如故。

十五从军征,八十始得归。道逢乡里人,家中有阿谁。遥望是君家,松柏冢累累。兔从狗窦入,雉从梁上飞。中庭生旅谷,井上生旅葵。烹谷持作饭,采葵持作羹。羹饭一时熟,不知贻阿谁。出门东西望,泪落沾我衣。

蘼芜,一作蔄芜,香草也。"新人复何如",问辞,亦刺辞。"新人虽言好"以下,代为之答,非夫辞也。知非夫辞者,夫不能答,亦无言可答。姝,亦好也,然有殊意,故与好别言之。手爪谓手指。阁,通閤,门旁户也。"手爪不相如"下,依文义当直接"新人工织缣"句,而插入"从门入"、"从阁去"二句,有似追忆往事者,正以斥夫之不辨美恶也。缣色黄,素色白,以喻人质之纯杂。一匹,四丈也,四丈与五尺馀比,故曰"新人不如故"。

　　"十五从军征"一首,当是汉末之作,以其时争战久未定也。"家中有阿谁",乃问乡里人之辞。"遥望是君家",是答辞,而连"松柏冢累累"言之者,盖一面答,一面指点,合写乃得其情,得其神也。若以"松柏"句亦视作答辞,则失之矣。旅穀、旅葵,皆不种而自生者,以其生非其地,故谓之曰旅,旅犹寄也。

乐　府

　　乐府乃教乐之官,非诗名也。自汉武帝立乐府,以李延年为协律都尉,采天下诗歌,被之管弦,于是乐府所收,乃尽一时才杰之作,习诗者必就乐府求之,而乐府之名著矣。故乐府者,特乐府诗之省称,后人习而用之,遂漫不加察尔。宋郭茂倩编著《乐府诗集》,有鼓吹、横吹、相和、清商、舞曲、杂曲诸目,部分甚细。然今曲调不传,仅观文字,即亦无从别其为鼓吹、为横吹也。是以兹选亦总而录之,先其浅易,次以艰深,不复别其为何曲焉。

江 南

　　江南可采莲,莲叶何田田。鱼戏莲叶间。鱼戏莲叶东。鱼戏莲叶西。鱼戏莲叶南。鱼戏莲叶北。

　　田田,莲叶散布之状。此诗明白易晓,不烦诠释。但上三句有韵,而下四句无韵。疑儿童游戏之歌,分四组各唱,故不须相协也。诗句虽浅,而意味则永,与三百篇《苤苢》之诗,同为天机鼓荡之作,非学士文人所得而摹拟也。或引曹植《吁嗟》中云"当南而更北,谓东而反西",与上"吹我入云间,故归彼中田"间、田相协,谓西当读如仙。然终无以解下南、北二韵。则知民间歌曲,自有不得以学士文人之规律绳之者。

枯鱼过河泣

　　枯鱼过河泣,何时悔复反。作书与鲂鱮,相交慎出入。

　　此诗全属比体。枯鱼,鲞鱼鱼干腊也。枯鱼何能过河,又何能泣,可谓奇想。"何时悔复反"者,言悔无时得及也。

鲂，今谓之鳊。鲡，今谓之鲢。已不慎而遇祸，犹思以告其同类，忠厚之至也。

悲　　歌

悲歌可以当泣，远望可以当归。思念故乡，郁郁累累。欲归家无人，欲渡河无船。心思不能言，肠中车轮转。

郁郁言念之深，累累言念之久。郁郁，不开也。累累，不断也。"肠中车轮转"，所谓回肠荡气也。首二句用意最深，亦感人最切。

日出东南隅

日出东南隅，照我秦氏楼。秦氏有好女，自名为罗敷。罗敷喜蚕桑，采桑城南隅。青丝为笼绳，桂枝为笼钩。头上倭堕髻，耳中明月珠。缃绮为下裙，紫绮为上襦。行者见罗敷，下担捋髭须。少年见罗敷，脱帽着帩头。耕者忘其犁，锄者忘其锄。来归相怨怒，但坐观罗敷。解一使君从南来，五马立踟蹰。使君遣吏往，问是谁家姝。秦氏有好女，自名为罗敷。罗敷年几何？二十尚不足，十五颇有馀。使君谢罗敷，宁可共载不。罗敷前致辞，使君一何愚，使君自有妇，罗敷自有夫。解二东方千馀骑，夫婿居上头。何用识夫婿，白马从骊驹。青丝系马尾，黄金络马头。腰中鹿庐剑，可值千万馀。十五府小史，二十朝大夫，三十侍中郎，四十专城居。为人洁白皙，鬑鬑颇有须。盈盈公府步，冉冉府中趋。坐中数千人，皆言夫婿殊。解三

《日出东南隅》一名《陌上桑》，一名《艳歌罗敷行》。古人为诗，大抵先不立名，只此首句为题。其曰《陌上桑》，曰《艳歌罗敷行》，当是入乐府后，流传渐广，遂别为之名耳。"罗敷行"上加"艳歌"二字者，《乐府诗集》于诗后注云："三解前有艳歌。"艳，盖如今川剧，一曲完后，群相和之之类。此自关声乐，与诗意无涉也。三解，如三百篇之分章，亦乐府所分。但可助读者了解文字分段之法，故仍存之。晋崔豹《古今注》曰："秦氏邯郸人，为邑人千乘王仁妻。王仁后为赵王家令。罗敷出采桑于陌上，赵王登台见而悦之，因置酒欲夺焉。罗敷巧弹筝，乃作《陌上桑》之歌以自明。赵王乃止。"此全出附会，不可信。诗首云"日出东南隅，照我秦氏楼。秦氏有好女"，是女在母家尚未嫁也。后云："东方千馀骑，夫婿居上头"以至"三十侍中郎，四十专城居"，皆悬空摹写，言其夫将来必至之耳，非事实也。豹乃因千馀骑语，

谓其夫为千乘。即此,其附会之迹昭昭矣。豹特以下篇一大段言语若出诸罗敷之口,遂疑为罗敷自作。不知如上篇"行者见罗敷,下担捋髭须"至"来归相怨怒,但坐观罗敷"云云,以是为罗敷自白,罗敷乃成为甚等女子耶。或有误信《古今注》之说者,故不得不辩。自名为罗敷,罗敷当是古有好女名,此为西施、王嫱之类,故云女取以自名,若是女本名罗敷,则诗当言其名为罗敷,不得用自名语气也。笼,桑笼,即筐也。倭堕,后人写作鬌鬏,髻斜而欲堕之状。珠,耳珰也。绡,帛浅黄色也。襦,今所谓短袄也。下,卸也。短曰髭,长曰须。通言之则髭须亦可不分。幧头,后世所谓包头也。捋髭须、着幧头,皆写其忘形也。怨怒,一作怒怨。坐,犹因也。因观罗敷归而怨怒,怨怒其妻之丑,不如罗敷之美也。使君,称郡太守也,以其为天子所使,故曰使,百姓以之为君,故曰君也。五马,郡守之车,四马外别加一骖,以示殊异,见《汉官仪》。踟蹰,与踌躇同,不前也。姝,好女子也。谢,告也。共载,欲其同车以归也。不,读否之平声,谓可乎、否乎。上头,犹前头。从,读若从者之从,从骊驹,谓后有骊驹相从也。黄金,铜也。鹿庐,即辘轳,今谓之滑车,中细而两头大。剑柄刻作此形,因谓之鹿庐剑。甚言其刻镂之精,故言可值千万馀。千万馀,钱也。小吏,录写文书者。府,对下"朝"字言,朝大夫,朝庭之官,府小吏,三公府自置之吏,由私而公,升迁之渐也。三公者,西汉以丞相、御史大夫、太尉为三公,东汉废丞相,则以太尉、司徒、司空为三公。侍中,天子侍从之官,中谓宫禁之中,以其常侍于宫禁,因曰侍中。专城居,言其居专据一城,义即为一城之主。此对上府君言,谓夫壻至四十时亦可仕至郡守,郡守实不足以歆动人也。晳,人肤色白也,故字亦从白。鬤鬤,须疏薄貌。"盈盈公府步"二句,回缴府小史语,盖是时夫壻正供职府史,当在二十岁以前。盈盈,冉冉。极作夸耀之辞,正以绝府君觊觎之想也。

艳 歌 行

翩翩堂前燕,冬藏夏来见。兄弟两三人,流宕在他县。故衣谁当补,新衣谁当绽。赖得贤主人,览取为我组。夫壻从门来,斜倚西北眄。语卿且勿眄,水清石自见。石见何累累,远行不如归。

流宕即流荡。宕本洞屋之名,声同藉用也。绽,裂也。新衣谁当绽,反跌上文,以见衣故自不能不绽,绽自不能不望人补也。贤主人,赁屋主人妇也。览与揽同。组读旦,缝也。旧以为与绽一字,非是。眄,斜视也。卿,所以称主人,春秋以来,执政者为卿,故古以卿为尊称,犹称君也。水清石见,言清白无他,心迹终当显然也。累累犹磊磊。心迹虽显,只身在外,终易遭人疑忌,故以"远行不如归"作结,以见兄弟虽有时而睽,而可托者仍是兄弟也。此意读者多忽略不晓,故特为发之。

白 头 吟

皑如山上雪,皎若云间月。闻君有两意,故来相决绝。今日斗酒会,明日沟水头。躞蹀御沟上,沟水东西流。凄凄复凄凄,嫁娶不须啼。愿得一心人,白头不相离。竹竿何袅袅,鱼尾何簁簁。男儿重意气,何用钱刀为。

名曰《白头吟》者,取篇中"白头不相离"意也。《乐府诗集》作古辞,不著作者姓氏。先乎此者《玉台新咏》,则题为《皑如山上雪》,亦不言作之者何人。至李白《拟白头吟》始云:"相如作赋得黄金,丈夫好新多异心,一朝将聘茂陵女,文君因赋《白头吟》。"于是后之选家遂以此诗归之卓文君所作。案李白所据者乃《西京杂记》。《杂记》曰"司马相如将聘茂陵人女为妻,卓文君作《白头吟》以自绝,相如乃止"云云。《西京杂记》始见于《隋书·经籍志》,《唐志》谓是葛洪作。然《晋书》洪传初不言有是书。自是南北朝人伪撰,其言殊不可据。故兹削去卓文君名,以还其旧。皑读如敳,雪之白也。蹩蹀，小步也。袅袅，长而弱也。筵，即篚也、筛也。筵筵，取筵之摆动义。刀亦钱也，其形如刀，故谓之刀。观"何用钱刀为"语，则其交之不终，乃为利而非为色。其云"嫁娶不须啼"者，亦藉夫妇以比友朋，诗人托兴，往往如此。若认作文君为相如而发，则此句即无法可解矣。

饮马长城窟行

青青河边草，绵绵思远道。远道不可思，宿昔梦见之。梦见在我旁，忽觉在他乡。他乡各异县，展转不可见。枯桑知天风，海水知天寒。入门各自媚，谁肯相为言。客从远方来，遗我双鲤鱼。呼儿烹鲤鱼，中有尺素书。长跪读素书，书中竟何如。上有加餐食，下有长相忆。

此亦省称"饮马行"。然详诗意，与题绝不相关涉。《乐府诗集》引《乐府解题》云"伤良人游荡不归"，意为近之。若然，则郭氏谓征戍之客至于长城而饮其马，妇人念其勤劳，故作是曲者，犹是附会题文之说也。《昭明文选》作古辞，不著作者姓氏，惟《乐府解题》有"或云蔡邕之辞"语，未知何据。郭氏从《文选》不以为伯喈作，所见殊卓。古人见有佳什，以为非名家莫能作，往往强以列之名家集中，实出偏见，不可从也。绵绵，思不绝也。宿昔犹夙夜，即前日之夜也。觉对梦言，梦时在我旁，觉时则仍在他乡也。"不可见"一作"不相见"。"枯桑"二句，反兴下文。言知相思之苦者少也。各自媚，各自取媚于其人，窥颜色，承意旨，故不肯为言也。观此，似其人游宦已颇显达，或竟忘其家室矣。"客从远方来"以下，盖希冀之辞，不得作实事会。

焦仲卿妻

孔雀东南飞，五里一徘徊。十三能织素，十四学裁衣。十五弹箜篌，十六诵诗书。十七为君妇，心中常苦悲。君既为府吏，守节情不移。贱妾留空房，相见常日稀。鸡鸣入机织，夜夜不得息。三日断五匹，大人故嫌迟。非为织作迟，君家妇难为。妾不堪驱使，徒留无所施。便可白公姥，及时相遣归。府吏得闻之，堂上启阿母。儿已薄禄相，幸复得此妇。结发同枕席，黄泉共为友。共事三二年，始尔未为久。女行无偏斜，何意致不厚。阿母谓府吏，何乃太区区。此妇无礼节，举动自专由。吾意久怀忿，汝岂得自由。东家有贤女，自名秦罗敷。可怜体无比，阿母为汝求。便可速遣之，遣去慎莫留。府吏长跪告，伏惟启阿母。今若遣此妇，终老不复取。阿母得闻之,槌床便大怒。小子无所畏,何敢助妇语。吾已失恩义,会不相从许。府吏默无声,再拜还入户。举言谓新妇,哽咽不能语。我自不驱卿,逼迫有阿母。卿但暂还家,吾今且报府。不久当归还,还必相迎取。以此下心意,慎勿违吾语。新妇谓府吏,勿复重纷纭。往昔初阳岁,谢家来贵门。奉事循公姥,进止敢自专。昼夜勤作息,伶俜萦苦心。谓言无罪过,供养卒大恩。仍更被驱遣,何言复来还。妾有绣腰襦,葳蕤自生光。红罗复斗帐,四角垂香囊。箱帘六七十,绿碧青丝绳。物物各自异,种种在其中。人贱物亦鄙,不足迎后人。留待作遗施,于今无会因。时时为安慰,久久莫相忘。鸡鸣外欲曙,新妇起严妆。着我绣袄裙,事事四五通。足下蹑丝履,头上玳瑁光。腰若流纨素,耳着明月珰。指如削葱根,口如含朱丹。纤纤作细步,精妙世无双。上堂谢阿母,阿母怒不止。昔作儿女时,生小出野里。本自无教训,兼愧贵家子。受母钱帛多,不堪母驱使。今日还家去,念母劳家里。却与小姑别,泪落连珠子。新妇初来时,小姑始扶床。今日被驱遣,小姑如我长。勤心养公姥,好自相扶将。初七及下九,嬉戏莫相忘。出门登车去,涕落百馀行。府吏马在前,新妇车在后。隐隐何甸甸,俱会大道口。下马入车中,低头共耳语。誓不相隔卿,且暂还家去。吾今且赴府,不久当还归。誓天不相负,新妇谓府吏,感君区区怀。君既若见录,不久望君来。君当作磐石,妾当作蒲苇。蒲苇纫如丝,磐石无转移。我有亲父兄,性行暴如雷。恐不任我意,逆以煎我怀。举手常劳劳,二情同依依。入门上家堂,进退无颜仪。阿母大拊掌,不图子自归。十三教汝织,十四能裁衣。十五弹箜篌,十六知礼仪。十七遣汝嫁,谓言无誓违。汝今何罪过,不迎而自归。兰芝惭阿母,儿实无罪过。阿母大悲摧。还家十余日,县令遣媒来。云有第三郎,窈窕世无双。年始十八九,便言多令才。阿母谓阿女,汝可去应之。阿女含泪答,兰芝初还时,府吏见丁宁,结誓不别离。今日违情义,恐此事非奇。自可断来信,徐徐更谓之。阿母白媒人,贫贱有此女,始适还家门。不堪吏人妇,岂合令郎君。幸可广问讯,不得便相许。媒人去数日,寻遣丞请还。说有兰家女,承籍有宦官。云有第五郎,娇逸未有婚。遣丞为媒人,主簿通语言。直说太守家,有此令郎君。既欲结大义,故遣来贵门。阿母谢媒人,女子先有誓,老姥岂敢言。阿兄得闻之,怅然心中烦。举言谓阿妹,作计何不量。先嫁得府吏,后嫁得郎君,否泰如天地,足以荣汝身。不嫁义郎体,其往欲何云。兰芝仰头答,理实如兄言。谢家事夫婿,中道还兄门。处分适兄意,那得自任专。虽与府吏要,渠会永无缘。登即相许和,便可作婚姻。媒人下床去，诺诺复尔尔。还部白府君，下官奉使命，言谈大有缘。府君得闻之，心中大欢喜。视历复开书，便利此月内。六合正相应，良吉三十日。今已二十七，卿可去成婚。交语连装束，络绎如浮云。青雀白鹄舫，四角龙子幡。娥娜随风转，金车玉作轮。踯躅青骢马，流苏金镂鞍。赍钱三百万，皆用青丝穿。杂彩三百匹，交广市鲑珍。从人四五百，郁郁登郡门。阿母谓阿女，适得府君书，明日来迎汝。何不作衣裳，莫令事不举。阿女默无声，手巾掩口啼，泪落便如泻。移我琉璃榻，出置前窗下。左手持刀尺，右手执绫罗。朝成绣裌裙，晚成单罗衫。晻晻日欲暝，愁思出门啼。府吏闻此变，因求假暂归。未至二三里，摧藏马悲哀。新妇识马声，蹑履相逢迎。怅然遥相望，知是故人来。举手拍马鞍，嗟叹使心伤。自君别我后，人事不可量。果不如先愿，又非君所详。我有亲父母，逼迫兼弟兄，以我应他人，君还何所望。府吏谓新妇，贺卿得高迁。磐石方且厚，可以卒千年。蒲苇一时纫，便作旦夕间。卿当日胜贵，吾独向黄泉。新妇谓府吏，何意出此言。同是被逼迫，君尔妾亦然。黄泉下相见，勿违今日言。执手分道去，各各还家门。生人作死别，恨恨那可论。念与世间辞，千万不复全。府吏还家去，上堂拜阿母。今日大风寒，寒风摧树木，严霜结庭兰。儿今日冥冥，令母在后单。故作不良计,勿复怨鬼神。命如南山石,四体康且直。阿母得闻之,零泪应声落。汝是大家子,仕宦于台阁。慎勿为妇死,贵贱情何薄。东家有贤女,窈窕艳城郭。阿母为汝求,便复在旦夕。府吏再拜还,长叹空房中,作计乃尔立。转头向户里,渐见愁煎迫。其日牛马嘶,新妇入青庐。奄奄黄昏后,寂寂人定初。我命绝今日,魂去尸长留。揽裙脱丝履,举身赴清池。府吏闻此事,心知长别离。徘徊庭树下,自挂东南枝。两家求合葬,合葬华山傍。东西植松柏,左右种梧桐。枝枝相覆盖,叶叶相交通。中有双飞鸟,自名为鸳鸯。仰头相向鸣,夜夜达五更。行人驻足听,寡妇起彷徨。多谢后世人,戒之慎勿忘。

《玉台新咏》题作《古诗为焦仲卿妻作》,此从《乐府诗集》。古诗题恒简短,乐府题亦然,《玉台》所题自是后人改加,非本名也。《乐府诗集》云"《焦仲卿妻》不知谁氏之所作也"。其序曰:"汉末建安中,庐江府小吏焦仲卿妻刘氏,为仲卿母所遣,自誓不嫁。其家逼之,乃投水而死。仲卿闻之,亦自缢于庭树。时人伤之,而为之辞也。"玩序文末语,作序之人乃传此诗者,序非作者所为甚明,是以不复着之题下。此诗几两千字,古诗之长,未有长于此者。既叙事有致,亦复口吻逼真。辞藻华缛,尚其馀事。不但可作诗读,直可作剧本读也。徘徊,不忍去也。以孔雀起,以鸳鸯结,首尾映射,亦章法之奇。箜篌,乐器,似瑟而小,以木拨弹之。有竖弹、卧弹两种,今失传。守节,犹守职也。故,故意也。大人,称其姑也。施犹用也。白,禀告也。姥与姆同,姥犹父母。启亦白也。禄谓禄命。相,骨相也。结发犹束发,谓及年也。黄泉共为友,即《三百篇·大车》之诗所谓"死则同穴"也。共事读供事,与下文言奉事义同。始尔未为久,言久则供事可渐如母意也。偏斜之"斜"读如"邪",古斜、邪一音也。不厚,不亲厚也。区区犹琐琐,责其烦也。自专由者,自专自由也。可怜,可爱也。伏惟,古禀告开端之辞,惟犹念也,后世奏章书札亦沿用之。取与娶同。会犹当也。府,庐江郡府也。下心意,谓抑下其意,望其忍耐也。纷纭,言多事。重,加也。初阳谓冬至,一阳初生也。谢,辞也。循,遵从也。伶俜,孤独也。萦犹缠也。卒,终也。腰襦,袜腹,俗所谓肚兜也。葳蕤,花叶纷披之貌。箱簾犹箱枕,亦作箱笼,皆编竹为之。密者曰箱,疏者曰笼。笼之疏者如帘,故亦曰簾也。或曰帘,簾之借,大曰箱、小曰簾,亦通。绳所以缚箱帘者。绿碧青,则殊色以为之识别,故曰"物物各自异,种种在其中"也。遗施谓馈遗、布施。"时时为安慰"两句,兼叙事记言而一之,宜、善、会。若即划入兰芝之言内,则不足以引起下文,使文有脱节也。严妆,整妆也。事事四五通,言检点周密,正严妆"严"字注脚。蹑,登也,谓着履。玳瑁即瑇瑁,出南海,以其甲为首饰。光者,有光彩也。若,顺也,亦即"称"义。流纨素,素之轻熟如流波然者。明月,谓珠也。朱,藉作硃。"昔作女儿时"以下八句乃兰芝语。兼愧贵家子,贵家与上"野里"对,言出身野里,与贵家子匹配,不能无愧也。"念母劳家里"者,言我去后,母将为家事而操劳,不能不念也。语虽谦婉,而意实愤怨,亦平时郁积,于此决绝时,不得不一倾吐之耳。却,还也、退也。勤心犹劳心。扶将即扶持也。初七、下九,莫可考,《瑯嬛记》谓"汉人以月之二十九为上九,初九日为中九,十九日为下九,妇女置酒如欢"云云。此特因本诗而附会为之说,未可信也。隐隐犹殷殷,甸甸犹阗阗,皆车声。隐隐而甸甸,声之由远而近,由微而显也。区区怀,此"区区"犹言一片一点也。录,收录也。纫藉作韧。逆,如逆计、逆料之逆。煎,煎熬,喻言摧折也。劳,如慰劳之劳。拊掌,拍手也。拊掌有二:一欢乐时拊掌,所谓拊掌称快也;一惊讶时之拊掌,则此文是。"无誓违"谓"无违誓",倒文也。"儿实无罪过",仅五字,而哀恸如见。古人谓文有以少胜多者,观此可知也。窈窕,美好也,与《关雎》之诗言"窈窕"义别。便言谓善言,便读平声。"丁宁"与"叮咛"同,嘱付也。违情义,就府吏言,谓虽结誓不离,而日久境迁,背弃情义者,世固有之,故接曰"恐此事非奇"。盖故为是言以安其母之心,非信府吏遂有是事也。适,谓适人。广问讯者,欲其别谋也。寻,不久也。"遣丞请还",太守遣丞请媒人还也。不言太守者,见于下文也。"说有兰家女,承藉有宦官",说者,媒人说,兰家女即指兰芝,不言刘家而言兰家者,取兰为香草之名,艳称之也。承藉有宦官,言其上世曾有仕宦著藉者,盖以配太守之子,自非官宦之家不可也。此四句特以过渡下文。不然,太守何从而知刘氏有女,而令主簿通语言也。云有第五郎,云者,丞云也。主簿通语言,而又曰遣丞为媒人者,重其事也。丞为媒人,而不亲来,由主簿通语言者,丞者,太守之贰,官大于主簿,不欲亵尊也。此一段文字纳叙事于记言之中,一时纠结似不可解,故详为释之。谢媒人者,辞媒人也。此媒人即主簿代丞为之者,非上之媒人也。否泰,《易经》之两卦名,泰者通也,否者塞也。义郎指第五郎,谓之义者,以反见仲卿之不义也。何云,何说也。适兄意犹言听兄意,适者,合也、如也。要读平声,要约也。渠,犹彼也。会,当也。尔尔,犹然然。诺诺尔尔,写卑官声态如绘也。书,阴阳选择之书也。六合,谓子与丑合、寅与亥合、卯与戌合、辰与酉合、巳与申合、午与未合,古以干支纪日,故曰有子丑午未等,其云合者,则阴阳家之言也。卿,以称主簿。成婚,谓告婚期也。交语,犹传语。络绎如浮云,言奔走者之众也。青雀,鹢也。舫,船之阔而方者也。船头刻作青雀白鹄之形,故曰青雀白鹄舫。婀娜,摇曳貌。骢,马毛青白杂者。流苏,马颈下缨也。齎同赍,携、持也。交广,交州、广州,交州,今越南也。鲑珍,谓海产鱼菜。珍即珍羞之珍,言难得也。

赍钱以下,昔时所谓财礼也。手巾之"手",言握也。瑠璃同琉璃。榻之镶嵌有瑠璃者,曰瑠璃榻。晻晻,暗也。摧藏,马困病也。便作旦夕间,作如作色之作,谓改变也。千万不复全,言不复全顾及种种也。冥冥,犹昏昏。"今日大风寒"至"四体康且直",语杂乱无次,若明若晦。盖既不能明言,又不能不言,人到此境地发言几同狂呓,不知作者何以能揣摩到此。或疑其故作艰涩,非知文者也。仕宦于台阁,台阁谓尚书。东汉三公殆同虚设,政事一归尚书,因之尚书郎之权至重,故此云然。然亦是希冀后来之辞,非谓眼前也。艳城郭,谓艳动城郭,实字作活字用也。作计乃尔立,立犹定也。言计乃如此定,不复改移矣。青庐,以青布为幔,张之门外,为新妇到夫家暂憩之所。于此交拜,然后迎入成礼,此风至南北朝尚存,见唐段成式《酉阳杂俎》。奄奄与晻晻同。自挂东南枝,自缢也。首句言"孔雀东南飞",正与此关合,不独因庐江一地在洛阳东南也。合葬华山傍,华山特以其名美藉用耳。此为白居易《长恨歌》云"峨嵋山下少人行,旌旗无光日色薄"。以峨嵋之音同于蛾眉,藉以影射杨妃。实则明皇由长安入蜀,初不经过峨嵋也。说者泥于地理,便谓此华山乃青阳之九华。不知九华之名,起于李白,汉时此山名并不著。且即以道里言,九华去庐江亦非咫尺,安得远葬至此。读诗而拘山川名物之间,即处处窒碍。如兰芝一府吏妇,非甚富有,安得有箱簾六七十,以此求之,则诗人妄语之咎殆莫能辞,然乎? 否乎? 自名为鸳鸯,《山海经》于禽兽之名,每云自呼。盖语言文字,多即鸟兽之声以为之名,如鸡鸭鹅雁皆是也。鸳鸯之为鸳鸯,盖亦如此,故曰自名。"多谢后世人,戒之慎勿忘",临终揭出作诗之旨。信乎风雅之遗,忧深思远,不独以文采藻丽为传也。

战 城 南

战城南,死郭北,野死不葬乌可食。为我谓乌,且为客豪。野死谅不葬,腐肉安能去子逃。水深激激,蒲苇冥冥。枭骑战斗死,驽马徘徊鸣。梁筑室,何以南,何以北? 禾黍不获君何食,愿为忠臣安可得。思子良臣,良臣诚可思,朝行出攻,莫不夜归。

此铙歌十八曲之一也。十八曲语多不解,了解者才三四耳。盖声文相离,流传日久,不复能断其何字为声,何字为文,是以难解也。此作明白易了,故选之。然在乐府中,此为最早,而今列之于后,何也? 其文参差不齐,实开后世长短句歌行之局,于五言则为变体。区而别之,所以附之于后也。且,暂也。且为客豪,客即指战死者,战死为勇者之事,故足为之豪矜。然豪而曰且,腐肉终不能逃于乌口,斯其豪也亦可哀矣。诗不言哀而偏言豪,使读者自玩味得之。此立言之巧也。枭骑同骁骑,谓勇健之骑士也。骑读去声。枭骑死而驽马为之鸣,喻懦者亦知感也。"梁筑室"三句意甚隐,盖藉筑室有方,以见立国有道,不在专恃武功。故接言"禾黍不获君何食,愿为忠臣安可得",谓设使人皆战死,耕种无人,君即无从得食,斯时虽欲为君尽忠,亦且不能,然则内外本末之理,从可知矣。良臣对忠臣言,知国之大计者为良臣,仅知以死报国者为忠臣。朝行出攻,莫不夜归,莫即暮字。是皆忠臣使然,故更重之曰"良臣诚可思"也。不曰"莫夜不归",而曰"莫不夜归"者,莫不归,犹将期其夜归,至夜不归,是真不归矣。分两层说之,意义深至,非细心体会不能知也。

有　所　思

有所思,乃在大海南。何用问遗君,双珠玳瑁簪,用玉绍缭之。闻君有他心,拉杂摧烧之。摧烧之,当风扬其灰。从今已往,勿复相思,相思与君绝。鸡鸣狗吠,兄嫂当知之。妃呼豨!秋风萧萧晨风飔,东方须臾高知之!

此六十曲之一。语不关军事，而亦入铙歌者，当取其辞意悲壮耳。珠簪不足，而绍缭以玉，情何殷也。摧烧不足，而风扬其灰，绝何甚也。不知绝之甚，正以见其情之殷。不然，既已无复相思，相思与君绝矣。何以又言"鸡鸣狗吠，兄嫂当知之"也？"鸡鸣狗吠，兄嫂当知之"者，见其清白无他也。见其清白无他，亦欲使有他心者为之回心转意。故曰"兄嫂当知之"者，正犹曰"君当知之"云尔。且下云"东方须臾高知之"，是于秋风萧瑟之中，未尝绝望于阳光之照临也。读者宜善体此意。不然，认为此绝交之书，负作者之苦心矣。绍缭，犹盘绕。飔，本凉风之名，此作状字用，即但言其凉也。"妃呼豨"三字皆有声无义，即曲家所谓"衬"字也。

东 门 行

出东门，不顾归。来入门，怅欲悲。盎中无斗储，还视桁上无悬衣。解一拔剑东门去，儿女牵衣啼。他家但愿富贵，贱妾与君共哺糜。解二上用仓浪天故，下为黄口小儿。今时清廉，难犯教言。君复自爱莫为非。解三今时清廉，难犯教言。君复自爱莫为非。行吾去为迟。平慎行，望君归。解四

盎亦从瓦作瓮，即甕也。斗储谓斗米之储。桁，衣架

也。"他家"以下,妻之言。哺,食也。糜,粥也。仓浪天即苍天,苍字长读之,则成二声也。用,犹因也。今时清廉,乃作者故作此语以讥刺当世。世果清廉,宁可使人不能畜其妻子者哉。教言,所谓名教之言。自爱上加复字者,承上为黄口小儿言也。"今时清廉"三句复重一遍者,前者出于其妻之口,此则是夫意中所念,观下接"行吾去为迟"句可见。曰行又曰去为迟者,念无储无衣,则不得不行,念儿教言,则去又不得不迟也。沉吟瞻顾,悲愤抑塞之情,尽此五字中矣。平慎行,望君归,又其妻之言。终之以此者,爱其人,望其平慎,不陷于刑网也。此则作者之意,托于其妻之口以言之者,可深长思也。

妇 病 行

　　妇病连年累岁,传呼丈人前一言。当言未及得言,不知泪下一何翩翩。属累君两三孤子,莫我儿饥且寒。有过慎莫笪笞,行当折摇,思复念之。乱曰:抱时无衣,襦复无里。闭门塞牖,舍孤儿到市。道逢亲交,泣坐不能起,从乞求与孤买饵。对交啼泣,泪不可止,我欲不伤,悲不能已,探怀中钱持授交。入门见孤,啼索其母,抱徘徊空舍中,行复尔耳,弃置勿复道。

丈人谓其夫。无丈人之称,而曰丈人者,以儿女之称称之也。翩翩,言不止也。属,属托。累,劳累。笪通挞,笪笞,捶责也。折摇,喻如草木之被摧折摇撼,惧其不成长也。此行如常言"行且"之行,"行当"犹"将当"也。思复念之者,思之后念之,丁宁之辞也。乱者,乐之卒章之名,《论语》子曰"关雎之乱"是也。此云"乱曰",犹云"卒曰",盖上写妻嘱夫,下则写夫之所遇,以卒前文,故谓之"乱"也。闭门塞牖,恐儿之寒也。舍同捨,舍孤儿到市者,儿无衣,不能抱之出也。"从乞求与孤买饵"者,饵,碎米为之,如今蒸糕之类,儿幼,惟当以饵哺之也。"对交啼泣"至"探怀中钱持授交"。写所遇之人亦感动而授之以钱。其称交者,即此从乞之人,而在彼言之,固亦交也。虽从交得钱,而妻死儿啼,终莫能为计,故曰"抱徘徊空舍中,行复尔"耳。尔者,如此,对前"行当折摇"言,谓终不免于折摇以死也。文字至此,凄惋极矣!不可卒闻矣!故以"弃置勿复道"一语结之。此句不入韵。惟无韵,乃能突出,此诗之一变格也。

孤 儿 行

孤儿生,孤儿遇生,命独当苦。父母在时,乘坚车,驾驷马。父母已去,兄嫂令我行贾。南行九江,东到齐与鲁。腊月来归，不敢自言苦。头多虮虱，面目多尘。大兄言办饭，大嫂言视马。上高堂，行取殿下堂，孤儿泪下如雨。使我朝行汲，暮得水来归。手为错，足下无菲。怆怆履霜，中多蒺藜，拔断蒺藜肠月中，怆欲悲，泪下渫渫，清涕累累。冬无复襦，夏无单衣。居生不乐，不如早去，下从地下黄泉。春风动，草萌芽。三月蚕桑，六月收瓜。将是瓜车，来到还家。瓜车反覆，助我者少，啖瓜者多。愿还我蒂，兄与嫂严。独且急归，当兴校计。乱曰：里中一何譊譊，愿欲寄尺书，将与地下父母，兄嫂难与久居。

贾，本坐商之名，出而商贩，故曰行贾。九江，汉郡名，其辖境包括今江苏、安徽两省江北之南部及江西省地，非今之九江也。齐鲁，汉所封建王子国名，皆在今山东境。虮，虱子也。堂后曰殿，与常言宫殿之殿不同。下堂而取道堂后者，不欲兄嫂见也。上堂下堂，写孤儿徬徨无依之状，与《诗·蓼莪篇》"出则衔恤，入则靡至"语同，即俗所云没投奔者。所以泪下如右也。错，皲之借字，皱也。为，读去声。菲一作屝，麻或草所作履也。怆怆，犹凄凄。蒺藜一作蒺藜，草之有刺者也。月即肉字。怆，伤痛也。连肠与肉言之者，伤在肉而痛在肠，一时肠与肉不能别也。渫渫，滴不止也。累累，连贯也。"下从地下黄泉"者，从亡父母于地下也。春风一作春气。反与翻同。反覆，车翻而瓜覆也。忽言瓜者,瓜从孤字生意。啗瓜者多,意即谓欺凌孤者多也。啗同啖、噉,食也。还我蒂者,瓜有蒂,人亦有蒂,人之蒂,父母是也。故愿还我蒂,为啗瓜者言之,实即为兄嫂言之,此文外之意也。校计,即今言计较,校与较通。兴,起也。不独与孤儿计较,且将与啗瓜者计较,轩然大波将起,故不得不独且急归,避其纷扰也。即此而其兄其嫂之横可知,仅仅下一严字,又何其含蓄也。譊譊与哓哓同,所谓议论纷纷也。"愿欲寄尺书"以下,所以戒天下之为兄嫂者。不明言戒,而视明言为尤切,乱辞之善也。

李陵与苏武诗三首

良时不再至,离别在须臾。屏营衢路侧,执手野踟蹰。仰视浮云驰,奄忽互相踰。风波一失所,各在天一隅。长当从此别,且复立斯须。欲因晨风发,送子以贱躯。

嘉会难再遇,三载为千秋。临河濯长缨,念子怅悠悠。远望悲风至,对酒不能酬。行人怀往路,何以慰我愁。独有盈觞酒,与子结绸缪。

携手上河梁,游子暮何之。徘徊蹊路侧,恨恨不能辞。行人难久留,各言长相思。安知非日月,弦望自有时。努力崇明德，皓首以为期。

陵字少卿，陇西成纪人。其祖广，匈奴所畏避，号之"飞将军"者也。陵亦有广风，尝将八百骑深入匈奴二千馀里，还拜骑都尉。后武帝遣贰师将军李广利击匈奴，陵以步卒五千自当一队，至浚稽山，为虏八万骑所围。陵军连战，杀虏几万人，虏欲退。会军候管敢亡降匈奴，告以陵无后救，且矢将尽。匈奴复急攻。陵转战至陕谷中，军士殆尽，为虏所获，遂降。苏武与陵尝同为侍中，素相厚，武使匈奴，为单于遮留，牧羊北海上，窘困，陵时接济之。至昭帝时，匈奴与汉和亲，汉求苏武等，匈奴乃送武等还。此诗盖陵送别武时作以赠武者。陵降匈奴非本意，故其诗颇有难以尽言之。如"风波失所"、"游子何之"，以及"念子怅悠悠，何以慰我愁"等语，中皆包含有无数悔恨心情在。若"恨恨不能辞"，尤其显焉者也。李周翰注《文选》谓"武将使匈奴，陵赠以诗"。此但观诗中"长当从此别"句，即知其谬。人方奉使，而即逆计其不得归，岂情也哉？又或疑其为齐梁间人伪作，并引《文心雕龙·明诗篇》"辞人遗翰，莫见五言，所以李陵、班婕好见疑于后代"之言以为证。不知彦和虽有"见疑"之言，而即未始以疑者为是。故其后复云："阅时取证，则五言久矣。"五言既久，则"莫见五言"，其说已破。莫见之言破，斯见疑之基毁。若然，则信彦和以为排斥李陵者，真盲瞽之论也。屏营,屏气而目营,言惶恐也。夫送别何惶恐之有？下"此"字,则知此别非寻常之别,一成名而归,一辱身而留,诚所谓"风波一失所,各在天一隅"者,能无惶恐乎。野踟蹰,犹云踟蹰于野,但野不作实字用而作状字用耳。踰,越也。斯须,犹须臾也。晨风已见前。"欲因晨风发,送子以贱躯",与苏诗"愿为双黄鹄,送子俱远飞"一意。李善《文选注》以晨风为早风,亦误也。

三载为千秋,言此别非直三载,而将为千秋,即所谓"长当从此别"也。缨,冠缨。濯冠缨,欲以自洁也。欲以自洁者,恨己之尝被污也。若武则始终未污者,故曰"念子怅悠悠"。此其心境可想也。一本"念子"作"念别",意则浅矣。酬,答也。古者燕飨之礼,主人以酒敬客曰献,客答主人曰酬,主人再献客曰酢,故有献酬与酬酢之名。行人谓武。绸缪犹缠绵,言情之深且永也。我愁不独在离别,故曰"何以慰我愁"。结绸缪而独有酒,所以对酒不能酬也。心绪前端,低回曲折,于是为至矣。

游子,自谓。"暮何之"者,不知所以自处也。承上"何以慰我愁"言。蹊,小径,路,大路也。悢悢,悲恨也。不能辞者,不能成辞也。弦望有时,犹言圆缺有时,希万一之复圆也。皓首为期,谓终老而后已也。

苏武诗四首

　　骨肉缘枝叶，结交亦相因。四海皆兄弟，谁为行路人。况我连枝树，与子同一身。昔为鸳和鸯，今为参与辰。昔者常相近，邈若胡与秦。惟念当乖离，恩情日以新。鹿鸣思远草，可以喻嘉宾。我有一尊酒，欲以赠远人。愿子留斟酌，叙此平生亲。

　　黄鹄一远别，千里顾徘徊。胡马失其群，思心常依依。何况双飞龙，羽翼临当乖。幸有弦歌曲，可以喻中怀。请为游子吟，泠泠一何悲。丝竹厉清声，慷慨有馀哀。长歌正激烈，中心怆以摧。欲展清商曲，念子不得归。俛仰内伤心，泪下不可挥。愿为双黄鹄，送子俱远飞。

　　结发为夫妻，恩爱两不疑。欢娱在今夕，嬿婉及良时。征夫怀往路，起视夜何其。参辰皆已没，去去从此辞。行役在战场，相见未有期。握手一长叹，泪为生别滋。努力爱春华，莫忘欢乐时。生当复来归，死当长相思。

　　烛烛晨明月，馥馥秋兰芳。芳馨良夜发，随风闻我室。征夫怀远路，游子恋故乡。寒冬十二月，晨起践严霜。俯观汉江流,仰视浮云翔。良友远别离,各在天一方。山海隔中州,相去悠且长。嘉会难再遇,欢乐殊未央。愿君崇令德,随时爱景光。

武字子卿,杜陵人。天汉中,武帝遣武与张胜、常惠等使匈奴。匈奴且鞮侯单于以事欲降之。武引佩刀自刺,半日始复息。单于壮其节,愈益欲降之。初幽武大窖中,后又徙之北海上无人处,使牧羝,谓羝生子乃得归。武终不屈。杖汉节卧起,节旄尽落。至昭帝立,求武等,武始得还。留匈奴凡十九岁。以典属国终。宣帝图名臣于麒麟阁,自大将军霍光以下,仅十一人,而武与其选焉。四诗盖武以答陵者。后人以《昭明文选》未言李陵,又《结发为夫妻》一首,徐陵收入《玉台新咏》,题曰留别妇,遂疑李有倡而苏无和。或乃以第一首为别昆弟,末一首为寻常赠别之辞。但合李作与苏诗并玩之,不独意相照射,辞亦多同,若"愿子留斟酌"、"念子不得归"之语,即非少卿无以当之。斯其为酬答之作,凿然无疑。昭明以题承上文,不言可知,安得因此而遂谓诗非为李作也。至第三首托辞夫妇,意在友朋,古如三百篇,往往有之。果以其辞为疑,则"鸳鸯"之云,"双飞龙"、"双黄鹄"之云,亦皆系夫妇之比而非友朋也。《玉台新咏》专收艳体,故割其一以充选,此陵之私意,安足以为信据乎。骨肉,谓兄弟也。兄弟之托于父母,犹枝叶之托于本根,故曰"缘枝叶",缘犹因也。此首以兄弟比友朋,下云"与子同一身",

同一身即同一根也。参、辰,两星名,辰即大火也,参没则辰见,辰没则参见,参辰永不相值,故以比人之隔离。亦谓之参商,杜甫《赠卫八处士诗》云"人生不相见,动如参与商"是也。邈,远也。邈若胡与秦,不言"今者",承上文可知也。乖,背也,乖离犹分离。恩情日以新,言身虽隔而情不隔,无今昔之异,故曰"日以新"。远人谓李陵。曰"愿子留斟酌"者,慰陵之不得归也。平生亲,承上"恩情日以新"言,亲曰平生,见终始之如一也。

顾,返顾也。虽行千里,而犹徘徊返顾,是为"千里顾徘徊"。常依依,谓依恋不舍也。双飞龙喻己与陵。喻,晓也,谓解喻,与前首"喻嘉宾"喻训比喻者不同。"中怀"难以明言,乃托于弦歌以抒写之,是不得已之情也。故曰"幸"、曰"可以",下所谓"游子者"是也。泠泠,弦声,此其始也。厉,大作也。曰丝又曰竹者,弦之外更配以箫笛也。此曲之中,故曰有馀哀。长歌言歌正激烈者,歌至此而声益高也。展,开伸也。欲展清商曲,而继以"念子不能归",是欲展而终不得展,中怀可喻而终不得而喻也。俛同俯。伤心曰内,即不得而喻之心。又曰"俯仰者",俯之仰之,终不能解其悲伤也。"不可挥"者,挥之不尽也。"愿为双飞鹄,送子俱远飞",重在后五字,与十九首中所云不同。"俱远飞"则是永无别离也。然此特无可奈何之想耳。想至无可奈何,则亦适以增其悲伤而已矣。四首之中,当以此首感人为最深。

恩爱两不疑,不疑字当着眼。陵之降,可疑者也。降出于不得已,而心终未尝忘汉,此则不可疑者也。即此"不疑"二字,知此诗为陵作矣。不然,夫妇之际言恩爱足也,何为着此"不疑"二字,不几于唐突乎哉。"嬿婉"见《诗经》,本作"燕婉"。燕,言安也,婉,言顺也。何其,亦见《诗经》,本作"夜如何其",此省"如"字,其,语辞无义,犹言夜何时也。行役在战场,武归国,何言在战场? 认此诗为武留别妻作者,每执此以破别陵之说。不知夫妇喻言,战场亦喻言耳。若曰别妻,武去国为奉使,而非领军,则战场云云,亦有未合也。滋,犹多也、加也。春华谓年华。"生当复来归,死当长相思",上句宾而下句主。死当长相思,即陵诗所云"各言长相思"也。或疑陵不得归决矣,而此乃言生当来归,是非对陵之辞也。当知此首纯属比体,何得胶泥于事实。且即以事言诗,生当来归,亦武之自谓,非谓陵也。其意不过曰"生则相见,死则相思",以誓不相忘而已,以示不相疑而已。此正所以慰陵者。而奈何曲为之解,必断其为非别陵之作哉。

烛烛,明之微也。馥馥,香之盛也。以兰拟陵,深信陵之芳洁,是真所谓不疑也。征夫,自谓,游子,谓陵。恋故乡,不忘故国也。江汉流,江汉各流,以喻分别也。浮云翔,即陵诗所云"奄忽互相踰"者,义与上文同。观下云"各在天

92

一方"，亦可知也。中州犹云中土、中国。悠，远也。欢乐未央，承前"莫忘欢乐时"言，未央犹未已也。景光犹时光。随时者，随时之宜也。此二字亦宜着眼。陵所处之时实人生极难处之时，惧其不忍而或至于灭裂也，故以"随时"之道勖之，非寻常挨排时日之谓也。

李延年歌一首

　　北方有佳人，绝世而独立。一顾倾人城，再顾倾人国。宁不知倾城与倾国，佳人难在得。

延年，中山人，故倡也。坐法腐刑，给事宫中。以知音善歌舞，为武帝所爱。帝既立乐府，遂以延年为协律都尉，主乐府事。此延年侍帝起舞时所歌。其女弟李夫人因以是进。及李夫人死，兄贰师将军广利败降匈奴，弟季坐奸乱后宫，延年家乃族灭矣。绝世，犹超世。独立，谓无以并也。倾城倾国，本谓一城一国之人为之倾动。而"宁不知倾城与倾国"，则谓倾覆人之邦国矣。盖一字前后取义不同如此。《诗经·大雅·瞻卬》之篇云："哲夫成城，哲妇倾城。"此后云"倾城倾国"之所本。宁，犹岂也。

班婕妤怨歌行

　　新裂齐纨素,皎洁如霜雪。裁为合欢扇,团团似明月。出入君怀袖,动摇微风发。常恐秋节至,凉飚夺炎热。弃捐箧笥中,恩情中道绝。

　　婕妤一作倢伃,字同,汉女官名,实则天子之嫔妾也。班为成帝婕妤,失其名,故以官称。成帝始颇宠爱之,后宠衰,恐见危,乃求供养太后长信宫以终。此诗盖作于宠未衰时。然观"常恐"二字,其懔懔之情可见。李白诗云:"以色事他人,能得几时好。"岂不信哉! 齐纨素,齐地所出之纨素。皎,一作鲜。扇曰合欢,盖团扇而能摺合者,故可以出入怀袖也。箧、笥,皆箱子小者,方者曰笥,狭而长者曰箧。中道犹半道。绝,断也。

梁 鸿 五 噫 歌

　　陟彼北芒兮,噫。顾览帝京兮,噫。宫室崔巍兮,噫。民之劬劳兮,噫。辽辽未央兮,噫。

　　鸿字伯鸾,扶风平陵人。娶同县丑女孟光。夫妇同隐霸陵山中,耕织自给。因东出关,过洛京,作《五噫之歌》,即此是也。章帝闻而非之,求鸿不得。乃易姓运期,名燿,避居齐鲁之间。后又徙吴,卒。著书十馀篇,不传。北芒即北邙,洛阳城北山也。崔嵬,高貌,嵬一作巍。辽辽,远也。噫,读平声,叹辞。叹者,叹民之劬劳也。以民之劬劳句置于"宫室崔嵬"之下而"辽辽未央"之上,则民之劬劳正随宫室之崔嵬,辽辽而未已也。此文字传神在乎布局者,不可不知。

辛延年羽林郎

昔有霍家奴,姓冯名子都。依倚将军势,调笑酒家胡。胡姬年十五,春日独当垆。长裾连理带,广袖合欢襦。头上蓝田玉,耳后大秦珠。两鬟何窈窕,一世良所无。一鬟五百万,两鬟千万馀。不意金吾子,娉婷过我庐。银鞍何煜爚,翠盖空踟蹰。就我求清酒,丝绳提玉壶。就我求珍肴,金盘鲙鲤鱼。贻我青铜镜,结我红罗裾。不惜红罗裂,何论轻贱躯。男儿爱后妇,女子重前夫。人生有新故,贵贱不相踰。多谢金吾子,私爱徒区区。

延年,东汉人,事迹无考。霍,谓宣帝时大将军霍光。

诗不便言当代事,故托之于前朝也。冯子都亦假名。孟子曰:"不知子都之姣者,无目者也。"子都,盖古之美男子,故借以名字。酒家胡,酒家之胡女也。姬,本周室之姓,古者女子称姓,故周女曰姬,后以其名之贵也,乃用以为凡女子之称。垆者,买酒之台,以土筑成之,故字从土。占亦谓之酒区,以区之名推之,知其安置酒器,各有区分,与今之酒肆温酒之炉,略相似矣。当垆,今犹云掌柜。裾,衣襟也。蓝田,县名,有山亦名蓝田,古产玉,故亦名玉山。县今存,在陕西西安附近。此云蓝田玉,盖谓玉簪也。大秦,古罗马之称,大秦珠,谓耳珰也。鬟,髻之作環形者。此云窈宛,犹玲珑也。鬟岂有价,而云一鬟五百万,两鬟千万馀者,极言其可贵云尔。金吾子,即题所云羽林郎。羽林,本天子宿卫之士。金吾,棒也,吾与牙通,以黄金涂其两端,因曰金吾,今戏台上尚可见之。羽林郎执此,故亦称曰"金吾子"。诗首又云"霍家奴"者,本权贵家奴,夤缘而得跻于羽林之列,穷其出身之由,故先揭之也。娉婷,夭娇也。煜爚,光耀也。翠盖,以翠羽为盖也。鲙同脍,细切肉也。"贵贱不相踰",不以贵踰贱也,拒之矣。而曰"不惜红罗裂,何论轻贱躯",又曰"多谢金吾子,私爱徒区区"者,盖有一将军之势在,不得不委婉其辞。以此知诗刺羽林郎,实刺将军。开首四句,笔挟风霜,未可轻轻读过也。

宋子侯董娇娆

　　洛阳城东路，桃李生路旁。花花自相对，叶叶自相当。春风东北起，花叶正低昂。不知谁家子，提笼行采桑。纤手折其枝，花落何飘飖。请谢彼姝子，何为见损伤。高秋八九月，白露变为霜。终年会飘堕，安得久馨香。秋时自零落，春月复芬芳。何时盛年去，欢爱永相忘。吾欲竟此曲，此曲愁人肠。归来酌美酒，挟瑟上高堂。

　　宋子侯事迹亦无考。董娇娆，盖女子之名，诗为娇娆作，故即以之名篇。诗中云"不知谁家子"，意即指娇娆也。"请谢彼姝子"二句，代花言。"高秋八九月"四句，代董答花。"秋时自零落"四句，又花之言。全诗之意在此，盖花落可复开，人老则不复少。"欢爱永相忘"，下一永字，伤可知矣。故继之曰"吾欲竟此曲，此曲愁人肠"、"归来酌美酒，挟瑟上高堂"，乃无可如何之思，与《十九首》"不如饮美酒，被服纨与素"，正同一意。以上二首与班婕妤《怨歌行》，亦选入乐府，以其作者有名可稽，故别出之。

蔡琰悲愤诗

汉季失权柄,董卓乱天常。志欲图篡弑,先害诸贤良。逼迫迁旧邦,拥主以自强。海内兴义师,欲共讨不祥。卓众来东下,金甲耀日光。平土人脆弱,来兵皆胡羌。猎野围城邑,所向悉破亡。斩截无孑遗,尸骸相掌拒。马边悬男头,马后载妇女。长驱西入关,迥路险且阻。还顾邈冥冥,肝脾为烂腐。所略有万计,不得令屯聚。或有骨肉俱,欲言不敢语。失意几微间,辄言毙降虏。要当以亭刃,我曹不活汝。岂复惜性命,不堪其詈骂。或便加棰杖,毒痛参并下。旦则号泣行,夜则悲吟坐。欲死不能得,欲生无一可。彼苍者何辜,乃遭此戹祸。边荒与华异,人俗少义理。所处多霜雪,胡风春夏起。翩翩吹我衣,肃肃入我耳。感时念父母,哀叹无穷已。有客从外来,闻之常欢喜。迎问其消息,辄复非乡里。邂逅徼时愿,骨肉来迎己。己得自解免,当复弃儿子。天属缀人心,念别无会期。存亡永乖隔,不忍与之辞。儿前抱我颈,问母欲何之。人言母当去,岂复有还时。阿母常仁恻,今何更不慈。我尚未成人,奈何不顾思。见此崩五内,恍惚生狂痴。号泣手抚摩,当发复回疑。兼有同时辈,相送告别离。慕我独得归,哀叫声摧裂。马为立踟蹰,车为不转辙。观者皆歔欷,行路亦呜咽。去去割情爱,遄征日遐迈。悠悠三千里,何时复交会。念我出腹子,胸臆为摧败。既至家人尽,又复无中外。城郭为山林,庭宇生荆艾。白骨不知谁,从横莫覆盖。出门无人声,豺狼嗥且吠。茕茕对孤景,怛咤糜肝肺。登高远眺望,魂神忽飞逝。奄若寿命尽,傍人相宽大。为复强视息,何生何聊赖。托命于新人,竭心自勖励。流离成鄙贱,常恐复捐废。人生几何时,怀忧终年岁。

琰字文姬,陈留人。邕之女,博学通音律。初适河东卫中道,夫亡,归宁于家。董卓之乱,为胡骑所虏,没于南匈奴左贤王。在胡中十二年,生二子。曹操素与邕善,闻而怜之,以金帛赎归。复嫁同郡人董祀以殁。此诗见范晔《后汉书·列女传》,盖追伤乱离之作,语语自肺腑流出,因以“悲愤”名篇。《乐府诗集》别有《胡笳十八拍》,与此诗绝不相类,则出后人伪托,以为琰作者,误也。天常,指君臣之常道言,谓之天常者,以为出于天理之当然,尊而重之之辞也。逼迫迁旧邦,谓董卓挟汉献帝迁都长安事。海内兴义师,谓袁绍等兴兵讨卓也。平土人脆弱,指东诸侯之兵。来兵皆胡羌,指董卓所用羌胡杂种之兵,胡即匈奴也。猎野,抄略乡野,如行猎然,比说之辞也。无孑遗,无遗馀也。掌今作撑，掌拒，言相交往也。几微，细小也。亭刃谓以刃相对，亭犹直也，即对义。参并犹交拜。彼苍者，谓天也。《诗经·秦风·黄鸟》之篇云："彼苍者天，歼我良人。"此用其语。犹云天乎我何罪也。厃亦作阨，今作厄，困也。邂逅犹遭逢也，引申之义，则凡出意计之外者皆曰邂逅。徼即徼幸之徼，谓不求而得之。"时愿"之"时"，谓应时、及时也。骨肉来迎己，操实赎之，而云骨肉者，盖必托名于其宗族昆弟，方可相赎，故琰云然也。天属，谓母子之亲。缀，谓连结不解也。"问母欲何之"以下至"奈何不顾思"，皆子问辞。顾思犹顾念也。五内犹五藏。崩，言解、坏也。手抚摩，抚摩其子。回疑，心回而迟疑也。摧裂，谓如摧如裂也。歔欷，抽咽也。去去，绝绝之辞。割谓割断也。遄，速。征，行也。遐、迈，皆远也。中外犹内外。茕茕，孤独貌。景即影字，晋葛洪《字苑》始加彡作影。怛咤，怛在心而咤在口，皆惊畏也。糜，碎也。奄犹忽也。相宽大，谓慰之，欲其从宽处大处想也。强，勉强。视息谓活也。人之存活在能看能呼吸，故古人以视息作存活言。托命于新人，新人谓董祀也。竭心犹尽心。勖，勉也。流离犹流转。鄙贱，谓失身胡虏，不免见轻于人也。

曹操

薤　露

　　惟汉二十世，所仕诚不良。沐猴而冠带，知小而谋疆。犹豫不敢断，因狩执君王。白虹为贯日，己亦先受殃。贼臣执国柄，杀主灭宇京。荡覆帝基业，宗庙以燔丧。播越西迁移，号泣而且行。瞻彼洛城郭，微子为哀伤。

　　曹操已见上四言诗，其事迹人所熟知，故不更注。《薤露》与下一篇《蒿里》，皆古丧歌也。两诗并赋当时之事，而取丧歌名篇者，盖亦言其可哀而已。二十世者，西汉自高帝至孺子婴，十二帝计十世，东汉自光武至少帝亦十二帝，计十世，合之故云二十世也。所任不良，谓灵帝后兄大将军何进也。沐猴即猕猴，谓之沐猴者，楚人语也。知读智。谋疆犹云谋大，"知小而谋大，力小而任重"，本《易经·系辞传》之文。犹豫，犹，兽名，能上树，而胆怯，闻有人声，则豫上树以避，见无人则下，旋又复上，故凡柔懦无决断者谓之犹豫。此指虎贲中郎将袁绍劝进诛杀宦官而进不能早决也。因狩执君王，谓中常侍张让、段珪等劫持少帝及陈留王等出走此宫也,又奔小平津。古凡天子出走则曰巡狩,而实非为狩也。白虹贯日,古以虹为天地之淫气,日者君象,贯日即犯君也。己,指何进。张让等先杀进于省中,后因进部将吴匡与袁术等攻烧南宫门及东西宫,乃挟帝出走,故曰"己亦先受殃"也。贼臣,谓董卓,卓本驻兵河东,其将兵入朝,实进召之也。杀主,谓废少帝而卒杀之。宇京犹京宇,谓卓既立献帝,西迁长安,遂焚烧洛阳宫殿与宗庙与民居也。播越犹流离。微子哀伤,盖指过殷故墟,感宫室毁坏生禾黍,作《麦秀之歌》事,见《史记·宋微子世家》。然乃箕子而非微子,意阿瞒偶误记之耳。

蒿　　里

关东有义士,兴兵讨群凶。初期会盟津,乃心在咸阳。军合力不齐,踌躇而雁行。势利使人争,嗣还自相戕。淮南弟称号,刻玺于北方。铠甲生虮虱,万姓以死亡。白骨露于野,千里无鸡鸣。生民百遗一,念之断人肠。

蒿里下或有行字,《乐府诗集》无之。又各本"薤露"无行字,有则当俱有,二题不应有歧也,故此从《乐府诗集》。关东,谓函谷关以东。此指袁绍以渤海太守兴兵,与冀州牧韩馥、豫州刺史孔伷、兖州刺史刘岱等，及绍从弟后将军术，共讨董卓，而操公亦以行奋武将军与于是役者也。盟津即孟津，此暗用武王伐纣诸侯会于盟津事。咸阳，暗用汉高、项羽入秦事。秦之咸阳，即汉之长安也。雁行，谓相推让不肯先进也。嗣犹继也。自相戕，指袁术表孙坚为豫州刺史，率荆豫之众击卓于阳人，绍乘间夺坚豫州，及刘岱杀东郡太守桥瑁，绍又逼夺韩馥冀州也。"淮南弟称号"，谓术称帝号于寿春。"刻玺于北方"，指绍也。铠、甲，一也。古用皮谓之甲，后用金，谓之铠也。两诗叙当时成败，如"知小而谋强"、"犹豫不敢断"及"军合力不齐"、"势利使人争"，皆下语不多，而极中其肯綮。此足见孟德之识过人，又不仅文字之工已也。

苦 寒 行

北上大行山，艰哉何巍巍。羊肠坂诘屈，车轮为之摧。树木何萧瑟，北风声正悲。熊罴对我蹲，虎豹夹路啼。溪谷少人民，雪落何霏霏。延颈长叹息，远行多所怀。我心何怫郁，思欲一东归。水深桥梁绝，中路正徘徊。迷惑失故路，薄暮无宿栖。行行日已远，人马同时饥。担囊行取薪，斧冰持作糜。悲彼东山诗，悠悠使我哀。

此诗言行军之苦,盖北征乌桓时作,于此不无悔心焉。羊肠坂,太行山径道之名,以其形曲折如羊肠,故有此称。南口在河南之怀庆,北口在山西之潞安。诘屈谓艰涩也。羆,熊之大者。对我蹲,言其不畏人。夹路啼,言其多也。霏霏,落不止也。怫郁,心拂逆而抑塞也。薄暮,迫暮也。斧冰谓以斧敲冰。《东山》诗已见前。悠悠。忧思也。

魏晋

襄阳择妇谚见《三国志·诸葛亮传》注引襄阳记

　　莫作孔明择妇,正得阿承配女。

　　记曰:黄承彦者,沔南名士,谓诸葛孔明曰:"闻君择妇,身有丑女,黄头黑色,而才堪相配。"孔明许,即载送之,乡里为之谚曰云云。身为自身,古人用以称己。

吴孙皓时童谣见《三国志·陆凯传》

　　宁饮建业水,不食武昌鱼。宁还建业死,不止武昌居。

皓时徙都武昌，扬土百姓泝流供给，以为患苦，故童谣云然。建业，吴旧都，今南京也。

又童谣见《晋书·五行志》

阿童复阿童，衔刀游渡江。不畏岸上虎，但畏水中龙。

案《晋书·羊祜传》云："祜以吴童谣云，思应其名，以王濬小字阿童，遂表濬监益州诸军事加龙骧将军，令修舟楫为顺流之计，后二岁而濬平吴。"说者以此往往谓童谣有验。不知童谣本不谓是，但要人习于水嬉，水中龙亦自矜其矫健耳。祜因而用之，以坚兵士必胜之心，败吴人战守之志，此所谓战术，岂如《五行志》之说哉？

又平吴后江南童谣三则亦见《五行志》

局缩肉，数横目。中国当败吴当复。

宫门柱，且莫朽。吴当复，在三十年后。

鸡鸣不拊翼，吴复不用刀。

此吴人不服晋而望兴复之辞也。《五行志》以东晋当之，谓有天数，非也。横目盖指蜀言。局缩肉，言其地偏局一隅，蜀字形亦象之。此以见吴非蜀比也。《晋志》以横目为四字，谓自吴亡至元帝兴几四十年。谣明言吴复在三十年后，今云四十年，是岂与谣合哉。莫朽，《晋书》误作"当朽"，依《宋书》改正。

晋襄阳儿童歌见《晋书·山简传》

山公出何许，往至高阳池。日夕倒载归，酩酊无所知。时时能骑马，倒着白接䍠。举鞭向葛强，何如并州儿。

山简以怀帝永嘉初以征南将军镇襄阳。于时四方寇乱，朝野危急，而简优游卒岁，常之习氏池嬉游，置酒辄醉。有儿童歌曰云云。盖讥之也。何许，犹云何所。高阳池即习氏池，简所名也。酩酊，醉貌。接䍠，阔边帽也。葛强，简所爱小将也。何如并州儿，代简之言，谓己骑术与强优劣何如也。强，并州人，故以"并州儿"呼之。后世词章家用此典实，每以为风流胜事，不知此诗讥刺显然，即"无所知"三字，意已可见，何风流之有哉。

蜀人言罗尚见《晋书·尚传》

蜀贼尚可,罗尚杀我。平西将军,反更为祸。

惠帝之末,蜀中李特等起。尚为平西将军、益州刺史、西戎校尉,不能定乱,而性贪少断,兵士为暴,甚于土贼。故蜀人言如此。

吴人歌邓攸见《晋书·攸传》

紞如打五鼓,鸡鸣天欲曙。邓侯挽不留,谢令推不去。

邓攸,襄陵人。东晋之初为吴君太守,刑政清明,百姓欢悦。后以疾去职,郡人留之不得,因歌之如此。紞如,犹紞然。鼓声,读如邓。谢令,盖当时县令。

孝武太元末京口谣见《晋书·五行志》

黄雌鸡,莫作雄父啼。一旦去毛衣,衣被拉飒栖。

107

又谣亦见《五行志》

昔年食白饭,今年食麦麸。天公诛谴汝,教汝捻咙喉。咙喉喝复喝,京口败复败。

此二谣皆为王恭发也。恭自孝武帝时以都督假节镇京口,数正色直言于会稽王道子,因诛王国宝、王绪,于晋室不谓不忠。然史称其自矜贵,与下殊隔,尤信佛道,调役百姓,修营佛寺,务在壮丽,士庶怨嗟。观此二谣,怨嗟如见。黄雌鸡,既谓恭也。拉飒即垃圾,亦作擸摍。"拉飒栖"者,言将与垃圾同归于抛弃也。麸与麸、麱字同,麦屑皮也。咙喉即喉咙。喝,读如嗌、噎也。败复败,诅咒之也。后恭果以讨王愉出兵,为司马刘牢之所卖,败走曲阿,为湖浦尉收送京师处死。《五行志》语多附会,不足信。京口即今镇江也。

无名氏桃叶歌

桃叶复桃叶,渡江不用楫。但渡无所苦,我自迎接汝。

旧说以此歌为王献之所作,并曰桃叶为献之妾名。此附会之说也。桃叶但为兴语,岂人名哉!若果为献之妾,何

108

取于渡江不用楫，又何为而有"我自迎接汝"之言。断为无名氏诗，较可信耳。楫，一作戢，字同。

又作蚕丝二曲

春蚕不应老，昼夜常怀丝。何惜微躯尽，缠绵自有时。

绩蚕初成茧，相思条女密。投身汤水中，贵得共成匹。

怀丝谓怀思也。女读汝。条通调，谓调弄也。

又子夜歌八首

始欲识郎时，两心望如一。理丝入残机，何悟不成匹。

今日已欢别，合会在何时。明灯照空局，悠然未有期。

朝思出前门，暮思还后渚。语笑向谁道，腹中阴忆汝。

郎为傍人取，负侬非一事。摛门不安横，无复相关意。

　　欢愁侬亦惨，郎笑我便喜。不见连理树，异根同条起。

　　感欢初殷勤，叹子后辽落。打金侧瑇瑁，外艳里怀薄。

　　我念欢的的，子行由豫情。雾露隐芙蓉，见莲不分明。

　　怜欢好情怀，移居作乡里。桐树生门前，出入见梧子。

　　此非一人一时之作，谓之子夜歌者，旧传晋有女子名子夜，首创此声，或当然也。汉有《藁砧》之诗云："藁砧今何在，山上复有山。何当大刀头，破镜飞上天。"后人释之云，藁砧谓铁也，藉言夫。山上山，出也。刀头，环也，藉言还。破镜飞上天，谓月半也。已开隐语成诗之端。然不若此数诗之显豁而有情致。悠然即油燃。期言棋也。摛门谓张门也，横即闩也。侧谓镶也。辽落同寥落。的的，分明也。由豫同犹豫。见莲谓见怜也。梧子犹吾子。子、郎、欢，皆以称所爱也。

又 团 扇 歌

　　团扇复团扇，持许自障面。憔悴无复理，羞与郎相见。

许,犹此也。理,谓理料。

又休洗红二章

休洗红,洗多红色淡。不惜故缝衣,记得初按茜。
人寿百年能几何,后来新妇今为婆。

休洗红,洗多红在水。新红裁作衣,旧红番作里。
回黄转绿无定期,世事返复君所知。

茜通作蒨,俗名地血,染红草也。番同翻。回黄转绿,
言草木秋黄而春绿也。返复同反覆。

又 西 洲 曲

忆梅下西洲,折梅寄江北。单衫杏子红,双鬓鸦雏
色。西洲在何处,两桨桥头渡。日暮伯劳飞,风吹乌柏
树。树下即门前,门中露翠钿。开门郎不至,出门采红
莲。采莲南塘秋,莲花过人头。低头弄莲子,莲子青如
水。置莲怀袖中,莲心彻底红。忆郎郎不至,仰首望飞
鸿。飞鸿满西洲,望郎上青楼。楼高望不见,尽日阑干

头。阑干十二曲，垂手明如玉。卷簾天自高，海水摇空绿。海水梦悠悠，君愁我亦愁。南风知我意，吹梦到西洲。

此诗曲折缴绕，非细心玩索，不易得其条绪。中间"树下即门前"一语，尤令人迷惑。树下者，郎之树下，门前者，女之门前。后文云："飞鸿满西洲，望郎上青楼。楼高望不见，尽日阑干头。"夫楼高尚望不见，何云"树下即门前"耶？不知望不见者以境地言，即门前者以心事言，境虽隔而心不隔，故君愁我亦愁，而能梦到西洲也。文字之妙，正在于此。至忆梅、折梅云者，古梅字亦作楳，取意于媒合也。采莲、弄莲云者，莲与怜同声，取意于相怜也。若执泥文字以求，则梅与莲固不同时，而伯劳即《诗·七月》"鸣鵙"之"鵙"，其时又安得有"飞鸿满西洲"哉？诗以忆起，以梦收。中间除"采莲南塘秋"四句分用两韵外，馀皆四句一转韵，韵转而意随以转。如珠走盘，如丸在坂，虽极尽变幻，而终莫离其宗。或有以为梁武帝萧衍所作者，是非萧衍之所能为也，仍归之晋辞是为。西洲者，江中洲名，以在建康之西，故曰西洲。今地势迁改，不可究矣。乌柏，一作乌臼，其子可以榨油，谓之柏黄，旧时用以制烛。钿，妇人发饰，以翠羽填嵌之，故曰翠钿。青楼，楼之涂以青漆者。曹植诗云："青楼临大路，高门结重关。"古惟显贵之家，方得有此。若以青楼为倡家之号，则唐以后事，不可不知。阑，或加木作欄。

曹植

七　步　诗

　　煮豆燃豆萁，豆在釜中泣。本是同根生，相煎何太急。

　　植字子建，操子。汉时封平原侯，又改封临菑。曹丕黄初二年为鄄城王。后屡徙封，至曹叡太和六年加封陈王，薨，年四十一，谥田思。五言至汉之建安为最盛。而莫盛于操之一门。一门之中，尤以子建为巨擘。所谓建安七子（孔融、陈琳、王粲、徐幹、阮瑀、应场、刘桢）未有能与比肩者也。梁钟嵘《诗品》谓"陈思之于文章，譬人伦之有周孔"，又谓"孔氏之门如有诗，则公幹升堂，思王入室"，洵非过论。惜乎不容于丕父子，寿仅同于颜渊，摧折以死。今读其《七步诗》以及《怨歌行》、《吁嗟篇》等作，犹不免为之低回愤惋至于泣下也。《七步诗》者，丕令植于七步中作诗，不成将行大法，植应声便为诗云云，后人因以《七步诗》题之，实则非七步中作也。诗有二本，一本六句，上三句云"煮豆持作羹，漉豉以为汁，其在釜中然"，下三句与此同。四句者语尤简至，故兹选从之。燃一作然，然本燃烧字，后复加火耳。

其,豆稭也。禾曰稭(或作秸),豆曰其,实即一声之转。煎
云煮也,然义兼迫害,不可不知。漉,滤也。豉,今曰豆豉,
熟豆经发霉而成。滤以为汁,殆若今酱油之类欤。

野田黄雀行

高树多悲风,海水扬其波。利剑不在掌,结友何须
多。不见篱间雀,见鹞自投罗。罗家得雀喜,少年见雀
悲。拔剑捎罗网,黄雀得飞飞。飞飞摩苍天,来下谢
少年。

此诗盖为友人如杨修辈被祸而作,伤己之不能援也。
"利剑不在掌"句,反及下文。结友何须多,意谓多友则多忧
患,语最沈痛,非择友取少之意也。鹞,鹯类。见鹞自投罗,
以见祸机四伏,避彼则触此。捎,掠而去之也。摩,相切
触也。

名 都 篇

名都多妖女,京洛出少年。宝剑值千金,被服丽且
鲜。斗鸡东郊道,走马长楸间。驰骋未能半,双兔过我

前。揽弓捷鸣镝,长驱上南山。左挽因右发,一纵两禽
连。馀巧未及展,仰手接飞鸢。观者咸称善,众工归我
妍。归来宴平乐,美酒斗十千。脍鲤臇胎鰕,炮鳖炙熊
蹯。鸣俦啸匹侣,列坐竟长筵。连翩击鞠壤,巧捷惟万
端。白日西南驰,光景不可攀。云散还城邑,清晨复
来还。

此诗写纨绔少年斗鸡走马游猎宴饮之乐,不著一字褒
贬,而褒贬自在言外,盖美之正以刺之也。曰"京洛出少
年",曹丕既篡,复迁都洛阳,其为魏后之作不待言。斗鸡之
戏,自春秋时已有之,其见于《左传》者曰:"季郈之鸡斗,季
氏介其鸡,郈氏为之金距。"楸,道傍所植树,盖梓属也。鸣
镝,响箭也。捷犹插也。两禽即指双兔,猎所获曰禽。纵,
放矢也。接飞鸢,又射鸢而中之也。此不言射,射意已在
"馀巧"字中也。归我妍,谓以妍归于我。妍,妙也,承上巧
字言。众工,谓众射者。此句与《还》之诗"揖我谓我儇"、
"揖我谓我好"、"揖我谓我臧"同一笔法,得意之犹如见。平
乐,谓平乐观,汉明帝所置,在洛阳城西。臇胎鰕,谓以幼鰕
作羹也。羹之稠浓者曰臇。鰕与虾同。熊蹯,熊掌也。俦
匹侣三字义近,泛称之则曰俦,引而亲之则曰匹、曰侣。鸣
啸二字义亦近,鸣,张口,啸,蹙口也。不曰命曰召而曰鸣
啸,无赖之状亦如见矣。连翩,轻迅貌。鞠即球。壤以木为
之,其形略如履,侧立其一于地,而于数十步外,以手中壤击

115

之。今儿童亦有此戏，但以小木棒，不作履形耳。攀谓攀留。云散，如云之散也。

白 马 篇

　　白马饰金羁，连翩西北驰。借问谁家子，幽并游侠儿。少小去乡邑，扬声沙漠垂。宿昔秉良弓，楛矢何参差。控弦破左的，右发摧月支。仰首接飞猱，俯身散马蹄。狡捷过猴猨，勇剽若豹螭。边城多警急，胡虏数移迁。羽檄从北来，厉马登高隄。长驱蹈匈奴，左顾凌鲜卑。弃身锋刃端，性命安可怀。父母且不顾，何言子与妻。名编壮士籍，不得中顾私。捐躯赴国难，视死忽如归。

　　羁，马络头也。幽并，幽泽、并州，今北京与山西也。游侠，游谓好交游，侠谓急人难。游亦作游。《史记》有《游侠传》，言之甚详。垂与陲同，谓边也。此云宿昔犹往昔也。秉，执也。楛，木名，似荆而赤心，无竹箭之地，以充矢干，谓之楛矢。破犹中也。的，射质也，今曰靶子。月支亦曰素支，射帖之名。射帖者，校射计数之具。摧谓破其等也。猱同夒，兽名，能于木上飞走，故曰飞猱。散马蹄，今谓放开马蹄，言疾驰也。猨同猿。剽，轻剽。螭，蛟类。羽檄，告警之书也,俗谓之鸡毛报。厉马犹策马。隄,障也。蹈,践踏之也。凌同輘,輘轹也。鲜卑,匈奴别种。五胡十六国之慕容燕,南北朝之拓跋魏,皆其族也。怀,念也。名编壮士籍,列名单籍也。中犹内也。私谓私人之事。忽,不经意也。此诗最好与前诗并看,美刺显然矣。

赠白马王彪

序曰,黄初四年正月,白马王、任城王与余俱朝京师,会节气。到洛阳,任城王薨。至七月,与白马王还国。后有司以二王归藩,道路宜异宿止。意毒恨之,盖以大别在数日,是用自剖,与王辞焉。愤而成篇。

谒帝承明庐,逝将归旧疆。清晨发皇邑,日夕过首阳。伊洛广且深,欲济川无梁。泛舟越洪涛,怨彼东路长。顾瞻恋城阙,引领情内伤。其一

大谷何寥廓,山树郁苍苍。霖雨泥我途,流潦浩纵横。中逵绝无轨,改辙登高岗。修坂造云日,我马玄以黄。其二

玄黄犹能进,我思郁以纾。郁纾将何念,亲爱在离居。本图相与偕,中更不克俱。鸱枭鸣衡轭,豺狼当路衢。苍蝇间白黑,谗巧令亲疏。欲还绝无蹊,揽辔止踟

117

蹰。其三

跢蹰亦何留,相思无终极。秋风发微凉,寒蝉鸣我侧。原野何萧条,白日忽西匿。归鸟赴乔林,翩翩厉羽翼。孤兽走索群,衔草不遑食。感物伤我怀,抚心长太息。其四

太息将何为,天命与我违。奈何念同生,一往形不归。孤魂翔故域,灵柩寄京师。存者忽复过,亡没身自衰。人生处一世,去若朝露晞。年在桑榆间,影响不能追。自顾非金石,咄唶令心悲。其五

心悲动我神,弃之莫复陈。丈夫志四海,万里犹比邻。恩爱苟不亏,在远分日亲。何必同衾帱,然后展殷勤。忧思成疾疢,无乃儿女仁。仓卒骨肉情,能不怀苦辛。其六

苦辛何虑思,天命信可疑。虚无求列仙,松子久吾欺。变故在斯须,百年谁能持。离别永无会,执手将何时。王其爱玉体,俱想黄发期。收泪即长路,援笔从此辞。其七

白马王彪,孙姬所生。任城王彰与丕、植,皆卞夫人所生。黄初,丕年号。任城暴薨,而序云"会节气",若时令不正以疫气死者,盖不得不讳之也。道路宜异宿止,隔离二王,不使相会也。毒恨犹痛恨。大别犹永别。剖谓开心相示也。承明,洛阳宫门名。庐,植宿所寓也。疆谓所封之

地，时植虽徙封雍丘，仍居鄄城，故曰旧疆。首阳，山名，在洛阳东北，去洛阳二十里。伊洛，伊川洛川也。东路，白马在今河南滑县，鄄城在今山东兖州，皆向东行，故曰东路。大谷，谷名，大读太。谷在洛阳南，非道途所经，盖承上"顾瞻"二字言遥望之也。寥廓，广远也。霖雨，雨过三日为霖。潦，路上流水。浩纵横，言其多且大也。逵，大道。轨，车所行径。辙，车轮迹也。修，长也。造，到也。玄黄，马病也。郁纡，郁积而纡曲也。亲爱，谓白马王。中更，中变也。衡、轭，并见前。间，乱也。谗巧，谗言与巧言也。乔林，高林也。厉犹鼓也。索群，求其群也。遑，暇也。违，背也。同生，谓任城王，植同母兄也。故域指任城国。存者，谓白马王与己。忽复过，一奠不再留也。亡没身自衰，彰死正在壮年，何云自衰，此实隐痛之微辞也。桑榆，日将西没，景射于桑榆，言晚暮也。语本"失之东隅，收之桑榆"，盖汉光武尝言之，实当时里谚也。咄嗟，并惊叹声。比邻，古五家为比，又五家为邻，故以比邻并称。分，读去声，谓情分也。帱，帐也。疾疢谓病，在内为疾，发外为疢。仓卒犹仓皇。怀，抱也。松子，赤松子，张良所云"愿从赤松子游"者也。持犹保也。玉体犹贵体，贵莫如玉，故曰玉体也。黄发谓寿考，《诗·鲁颂》"黄发台背"是也。援笔，把笔也。此诗次章之首，即承前章之末发端，与《诗经·大雅·文王》之篇同一体制。

怨 歌 行

为君既不易，为臣良独难。忠信事不显，乃有见疑患。周公佐成王，金縢功不刊。推心辅王室，二叔反流言。待罪居东国，泣涕常留连。皇灵大动变，震雷风且寒。拔树偃林稼，天威不可干。素服开金縢，感悟求其端。公旦事既显，成王乃哀叹。吾欲竟此曲，此曲恐且长。今日乐相乐，别后莫相忘。

此托古事以抒己意之作也。"为君难，为臣不易"，本孔子之言，见于《论语》。良，犹甚也。独，犹特也。不显，事在隐微，人所不能见也。患，读平声，谓祸患也。金縢、二叔，并见前《鸱鸮》诗注，详在《书经·金縢篇》。金縢，匮也。不刊犹不磨。流言即公将不利于孺子之言。待罪居东国，子建之情事正如此。若周公则虽见疑于成王，成王何得而罪之。故知此诗为曹叡发，无疑也。流连，犹彷徨。皇灵，谓天。偃，倒伏也。干，犯也。端，由也。公旦即周公，旦，公名也。叹亦读平声。自"皇灵动变"以下，并据《金縢》为说。此曲即指此诗，谓之"怨歌行"者，歌以怨而作也。诗不长，而曰"此曲悲且长"者，长在事不在诗也。末两句"乐相乐"，即以排怨，"莫相忘"，则以垂戒也。

吁 嗟 篇

　　吁嗟此转蓬，居世何独然。长去本根逝，夙夜无休闲。东西经七陌，南北越九阡。卒遇回风起，吹我入云间。自谓终天路，忽然下沈渊。惊飚接我出，故归彼中田。当南而更北，谓东而反西。宕宕当何依，忽亡而复存。飘飖周八泽，连翩历五山。流转无恒处，谁知吾苦艰。愿为中林草，秋随野火燔。糜灭岂不痛，愿与根荄连。

　　此痛屡屡徙封而作也。托之转蓬，全然比体。蓬，俗谓之蓬蒿，根浅而易拔，秋风起，则随风飞转以去，故谓之转蓬，或曰飞蓬，《卫风·伯兮》之诗云"自伯之东，首如飞蓬"是也。夙夜犹早晚。七、九，皆言其多也。卒同猝。中田犹田中。西，叶音读先。宕宕同荡荡。八泽，八方之泽，五山，五岳之山也。恒处，常处也。苦艰即艰苦。中林草，林中之草也。燔，烧也。糜，糜烂，灭，毁灭。根荄一义，木曰根，草曰荄。末四句造语最苦。然文明二帝，其不以子建为一本之亲者非伊朝夕，安得复望其与根荄连哉。封建之世，地位益亲，残害益烈，固又不独一曹植为然也。噫！

陈琳饮马长城窟行

饮马长城窟,水寒伤马骨。往谓长城吏,慎莫稽留太原卒。官作自有程,举筑谐汝声。男儿宁当格斗死,何能怫郁筑长城。长城何连连,连连三千里。边城多健少,内舍多寡妇。作书与内舍,便嫁莫留住。善待新姑嫜,时时念我夫子。报书往边地,君今出语一何鄙。身在祸难中,何为稽留他家子。生男慎莫举,生女哺用脯。君独不见长城下,死人骸骨相撑拄。结发行事君,慊慊心意关。明知边地苦,贱妾何能久自全?

琳字孔彰,广陵人。初事袁绍,绍起兵讨曹操,其檄文即琳所作也。绍败,操爱琳才,不杀而用之,与阮瑀同管记室。后为门下督卒。此诗全用对话组成。前则太原卒与长城吏对话,后则卒寄书与妇,妇报书,卒又答书,妇又报书,亦对话也。而中间夹以"长城何连连,连连三千里,边城多健少,内舍多寡妇"四句。实则只是"边城多健少,内舍多寡妇"十字,为一诗之骨干。其凄楚哀痛,一一从对话中表达出之,若作者自己未着一字然者。是神于诗者也。"稽留"如今云"耽阁"。汝谓太原卒。"谐汝声"者,筑城时大众用力必以声齐一之,今之打夯歌是也。有程,有常规也。"男

儿"二句,卒答吏言。格斗谓战斗,格之为言抵也。内舍犹
今言家里。姑嫜同翁姑,夫之父母之称。故夫子,谓己所生
子也。出语何鄙,指便嫁之辞言。祸难,谓筑城,筑城而曰
祸难者,吏不惜卒,督责无时也。此二字正篇中须着眼处。
他家子指妻,犹今言别家人也。"生男慎莫举"四句亦作书
中语出之,便益见哀痛。行事君,往事君也。此追述语。慊
慊,不足也。关,谓相关切,一作间,非也。明知边地苦,顶
上祸难言。何能久自全,言己亦不能久存。语至此戛然而
止,不加一字议论,欲读者自味之,胜于议论千万也。

王粲七哀诗二首

　　西京乱无象,豺虎方遘患。复弃中国去,委身适荆
蛮。亲戚对我悲,朋友相追攀。出门无所见,白骨蔽平
原。路有饥妇人,抱子弃草间。顾闻号泣声,挥涕独不
还。未知生死处,何能两相完。驱马弃之去,不忍听此
言。南登霸陵岸,回首望长安。悟彼下泉人,喟然伤
心肝。

　　荆蛮非我乡,何为久滞淫。方舟溯大江,日暮愁我
心。山岗有馀映,岩阿增重阴。狐狸驰赴穴,飞鸟翔故
林。流波激清响,猿猴临岸吟。迅风拂裳袂,白露沾衣

襟。独夜不能寐,摄衣起抚琴。丝桐感人情,为我发哀音。羁旅无终极,忧思壮难任。

粲字仲宣,山阳高平人。本居洛阳,随汉献帝西迁长安,以乱避之荆州依刘表。表卒,粲说表子琮归降,曹操辟为丞相掾。魏国建,拜侍中。从伐吴,卒。琳、粲皆死于建安中,应为汉人,然其传在《魏书》,又与丕、植兄弟往来甚亲。故兹选以置曹植之后,从其类也。"乱无象"犹言乱无度。遘与构通,构患,结祸也。此指董卓死后李傕、郭汜相攻杀事。中国犹中原。荆蛮即荆州,本蛮夷所居,故曰荆蛮也。委身有听命之义,以适荆州保全与否未可知也。攀,留也。两相完,两相全也。霸陵,汉文帝陵所在,因置县焉,在长安东二十里。以霸水所经,故曰岸。霸一作灞也。下泉,《诗·曹风篇》名,其诗曰:"冽彼下泉,浸彼苞稂。忾我寤叹,念彼周京。"下泉,曹地,以泉得名。稂,莠类。忾,叹息声。寤叹,觉而叹也。此用其事,悟与寤同。喟然亦叹声也。

淫,沈也,滞淫犹沈滞。溯一作泝,字同。馀映,日之馀光所映照也。岩阿,山凹也,本日光所不及,今日将没,阴与益甚,故曰增重阴。重读平声。此非只写景,实隐寓世多昏浊之意。"狐狸"二句,言鸟兽犹知恋其故地也。吟犹鸣也。迅风,疾风也。摄衣犹揽衣。抚一作拊,字同。丝桐即谓琴,琴之身以桐木为之,其弦则丝也。壮难任,言虽在壮躯,犹不堪受也。粲本羸弱，故其言如此。诗名"七哀"者，言七弦皆哀也。即从"丝桐感人情，为我发哀音"意出。《文选》吕向注："七哀，谓痛而哀、意而哀、感而哀、怨而哀、耳目闻见而哀、口叹而哀、鼻酸而哀。"故穿凿无理。或以七为七情，亦非是。哀特居其一，焉能尽为哀乎。曹植亦有《七哀诗》，盖仿粲作也。

徐幹杂诗一首

　　浮云何洋洋，愿因我通辞。飘飘不可寄，徙倚徒相思。人离皆复会，君独无返期。自君之出矣，明镜暗不治。思君如流水，何有穷已时。

　　幹字伟长，北海剧人。曹丕与吴质书，有云："伟长怀文抱质，恬淡寡欲，有箕山之志。"盖七子之中，不为操所宠絷者，伟长一人而已。所著《中论》二十馀篇，成一家之言。幹本不以诗显，而诗亦兀傲有奇气。杂诗大抵无题，合之则称杂诗。本有多首，兹选其一，以"自君之出矣"，后仿作者多，遂成一体也。此诗明白易解，更不待注。治，读平声，古凡作动字用者皆然，如《大学》言治国、国治，即两声也。

应璩

百 一 诗 一 首

　　下流不可处，君子慎厥初。名高不宿著，易用受侵诬。前者蹈官去，有人适我间。田家无所有，酌醴焚枯鱼。问我何功德，三人承明庐。所占于此土，是谓仁智居。文章不经国，筐篋无尺书。用等称才学，往往见叹誉。避席跪自陈，贱子实空虚。宋人遇周客，惭愧靡所如。

　　璩字休琏，汝南人。与兄玚齐名。曹叡时，由侍郎迁常侍，齐王芳即位，改侍中，典著作。嘉平四年卒。"百一诗"者，或云"有百有一篇"，故名，或云诗用以规讽，取义于有百一之助。今其诗多散佚，不可考，大抵后一说是也。"下流"语出《论语》，子贡曰"君子恶居下流"。宿著，早著也。侵诬，侵陵欺诬也。蹈官，罢官也。意者曹爽为司马懿所杀后，璩曾为所累去职。观"下流不可处"之言，亦可见也。田家，自称。酌醴焚鱼，所以待客也。三人承明庐，即指官侍郎、常侍、侍中言。此土，犹此地，谓所居位。占读平声，估量也。不经国，不足以经论国计也。"无尺书"谓无著作。

126

等,乃何等之省,后音转为底,如南唐李景云"吹皱一池春水干卿底事"是也。叹誉,赞叹称誉也。誉作动字用,亦读平声。避席,离席也。离席跪而自陈,以表愧悚也。宋人周客,事出《韩非子》云:"宋之愚人得燕石于梧台之侧,藏之以为大宝。周客闻而观焉。笑曰,此燕石也,与瓦甓同。"靡所如,无与比似也。

杂 诗 一 首

　　细微可不慎,堤溃自蚁穴。腠理蚤从事,安复劳针石。哲人睹未形,愚夫闇明白。曲突不见宾,燋烂为上客。思愿献良规,江海倘不逆。狂言虽寡善,犹有如鸡跖。鸡跖食不已,齐王为肥泽。

可不慎,言不可不慎也。穴,一作隙,义同。腠理,谓皮肤凑合之处。蚤与早同。石,砭石也。针砭一物,以金曰针,以石曰砭。又古亦以竹为之,故字或从竹作箴。今作针,针之省文也。哲人,明智之人。闇与暗同。曲突燋烂,并见《汉书·霍光传》,大意谓客见主人灶突直而下有积薪,劝主人曲突徙薪,不然将有火患。主人不应,后果失火,邻里共救之。火息谢客,焦头烂额者皆居上坐,而向之言曲突徙薪者不与焉。不见宾,即不与客之列。江海,喻量大也。

127

倘,或也,亦作傥。不逆,不拒也。狂言,谓不避忌讳之言。鸡跖,字亦作蹠,语本《吕氏春秋》曰:"善学者若齐王之食鸡也,必食其跖,数千而后足。"彼言学,此言纳言,义一也。鸡跖,鸡脚。肥泽,肥而润泽也。

三　叟

古有行道人,陌上见三叟。年各百馀岁,相与锄禾莠。驻车问三叟,何以得此寿。上叟前致辞,内中妪貌丑。中叟前致辞,量腹节所受。下叟前致辞,夜卧不覆首。要哉三叟言,所以能长久。

叟,老者之称,字亦作叜。锄禾莠,锄去禾中之莠也。内中犹室中,故室人亦称内人。妪,老妇之称,称其妻也。节所受,谓节饮食也。不覆首,不以被蒙头也。长久,言长生久视,语出《老子》。

程晓嘲热客

平生三伏时,道路无行车。闭门避暑卧,出入不相过。今世襺襫子,触热到人家。主人闻客来,颦蹙奈此何。谓当起行去，安坐正咨嗟。所说无一急，杳晗一何多。疲瘠向之久，甫问君极那。摇扇髀中痛，流汗正滂沱。莫谓为小事，亦是一大瑕。传戒诸高明，热行宜见呵。

晓字季明，东河人。以祖昱功封列侯。齐王芳时尝为黄门侍郎。嘲热客者，嘲热中奔走之客，托之于暑热云尔。三伏见《历书》，夏至后第三庚日为初伏，第四庚日为中伏，立秋后第一庚日为末伏，中历大暑，盖最热之时也。襊襹，衣服拥肿也。今以为不晓事之称。触热，冒热也。颦蹙，颦眉颦额也。杳晗，犹今云唠叨。瘠与倦同。甫，始也。极，困病也。那，语辞，与今所用同。髀，臀也。髀痛，因坐久也。滂沱，大下也。瑕犹疵也。呵，叱责也。

阮籍

咏怀八首

嘉树下成蹊，东园桃与李。秋风吹飞藿，零落从此始。繁华有憔悴，堂上生荆杞。驱马舍之去，去上西山趾。一身不自保，何况恋妻子。凝霜被野草，岁暮亦云已。

灼灼西隤日，馀光照我衣。回风吹四壁，寒鸟相因依。周周尚衔羽，蛩蛩亦念饥。如何当路子，磬折忘所归。岂为夸誉名，憔悴使心悲。宁与燕雀翔，不随黄鹄飞。黄鹄游四海，中路将安归？

湛湛长江水，上有枫树林。皋兰被径路，青骊逝骎骎。远望令人悲，春气感我心。三楚多秀士，朝云进荒淫。朱华振芬芳，高蔡相追寻。一为黄雀哀，泪下谁能禁。

徘徊蓬池上，还顾望大梁。绿水扬洪波，旷野莽茫茫。走兽交横驰，飞鸟相随翔。是时鹑大中，日月正相望。朔风厉严寒，阴气下微霜。羁旅无俦匹，俯仰怀哀伤。小人计其功，君子道其常。岂惜终憔悴，咏言著斯章。

独坐空堂上，谁可与欢者。出门临永路，不见行车马。登高望九州，悠悠分旷野。孤鸟西北飞，离兽东南下。日暮思亲友，晤言用自写。

驱车出门去，意欲远征行。征行安所如，背弃夸与名。夸名不在己，但愿适中情。单帷蔽皎日，高榭隔微声。谗邪使交疏，浮云令昼冥。嬿婉同衣裳，一顾倾人城。从容在一时，繁华不再荣。晨朝奄复暮，不见所欢形。黄鸟东南飞，寄言谢友生。

驾言发魏都，南向望吹台。箫管有遗音，梁王安在哉？战士食糟糠，贤者处蒿莱。歌舞曲未终，秦兵已复来。夹林非吾有，朱宫生尘埃。军败华阳下，身竟为土灰。

天网弥四野，六翮掩不舒。随波纷纶客，泛泛若浮凫。生命无期度，朝夕有不虞。列仙停修龄，养志在冲虚。飘飘云日间，邈与世路殊。荣名非己宝，声色焉足娱。采药无旋返，神仙志不符。逼此良可惑，令我久踌躇。

籍字嗣宗，陈留尉氏人。父瑀，建安七子之一也。籍志气宏远，傲然不羁。虽仕于朝，而以酣饮自放。闻步兵营厨人善酿，有贮酒三百斛，乃求于司马昭为步兵校尉，后世因称之为阮步兵云。所作《咏怀诗》八十馀首，颜延年、沈约皆尝为之注。颜延年曰："籍在晋文世（晋文即司马昭），常虑祸患，故发此咏。"李善注《文选》，《咏怀诗》十七首，亦同此论。夫苟求避祸，孰如不言。且司马氏方汲汲欲引，籍以自重，而籍每避之若浼，又见人时作青白眼，此岂虑祸之士所当出者哉？后人因以《咏怀》为悲晋将代魏而作。此似矣，然而未尽也。籍固薄晋，而魏晋一丘之貉，以籍之识，岂不知之。《咏怀》盖忧乱伤时之作也。八十馀首中，其意灼然可见。兹选八首，随文释之。虽时与旧注相违，自信不悖嗣宗之旨。"嘉树"二句喻富贵所在，人争奔走之也。"桃李不言，下自成蹊"，本汉时里谚，见《汉书·李广传赞》。藿，豆叶也。"繁华有憔悴"二句,与曹植《箜篌引》云"生存华屋处,临落归山丘"正同一意。西山即首阳山,周时伯夷、叔齐隐处。人争奔走富贵,而己独欲从夷齐游,何哉? 盖富贵者危机,一身不自保,富贵累累也。凝霜被野草,岁未暮也,而岁暮已迫,喻智者当见于将然,不必待祸至而始觉也。已,毕也、终也。

　隤同颓。灼灼,明也。日虽明而已颓,故曰馀光。魏固馀光矣,司马氏方在盛时也,而在籍视之,亦与馀光无异。观下言"如何当路子,磬折忘所归",可知也。磬折,曲躬,言其恭且勤也。夸与名,谓权与名也。《庄子》曰"夸者死权",故贪权为夸也。憔悴使心悲,最是警醒之论。所以皇皇于权与名者,不过徒使斯民憔悴而已,则亦何为者哉? 收云:"宁与燕雀翔,不随黄鹄飞。黄鹄游四海,中路将安归。""将安归"正与"志所归"相应。注家知此诗用韵重一归字,不知其重一归字,乃是一诗要旨所在。上之所归,归于民也。失民,即失所归矣。此归字从第四句"寒鸟相因依"来,寒鸟喻民也。民之与民相依,人易知也。上之非民莫归,人不易知也。固更以"周周"、"衔羽"二句显之。"周周"见《韩非子》曰:"鸟有周周者,首重而屈尾,将欲饮于河,则必颠,乃衔羽而饮。"屈尾者,厥尾也。蛩蛩见《山海经》,亦见《尔雅》。曰:"西方有比肩兽焉,与邛邛岠虚比,为邛邛岠虚啮甘草,即有难,邛邛岠虚负而走。其名谓之蟨。"邛邛即蛩蛩也,一名岠虚,故曰邛邛岠虚。念饥者,念非蟨则不得饱焉。然则上下相依,其理甚显,憔悴其民者,终必为民手弃。此忘归安归之义也。《易·丰卦》上六之象曰:"丰其屋,天际翔也。阒其户,闃其无人,自藏也。"可为末二句注解矣。

第三首,引楚事以证也。湛湛,水深而清也。皋兰即泽兰。骎骎,疾驰也。三楚即谓战国之楚。秦后分楚为三,江陵谓南楚,吴为东楚,彭城为西楚,故曰三楚也。朝云,用宋玉《高唐赋》"神女朝为行云,暮为行雨,朝朝暮暮,阳台之下"语。高蔡、黄雀,并见《战国策》:"庄辛谏楚襄王,始言黄雀俯啄白粒,仰栖茂树,自以为与人无争,不知公子王孙,挟弹摄丸,加己乎十仞之上。次言蔡圣侯左幼妾,右嬖女,驰骋乎高蔡之中,不以国家为事,不知夫子发方系己以朱丝也。卒言襄王左州侯,右夏侯,驰骋乎云梦之中,不以天下国家为事,不知夫穰侯方受命乎秦王,填黾塞之内,而投己乎黾塞之外。"子发,楚将也。穰侯,秦相魏冉也。黾音盲,楚之边塞也,在今河南信阳。此云"一为黄雀哀",盖直包后楚秦弱事言。注家多以楚为指魏,以愚观之,则是为吴孙皓作。何者?吴为楚地,一也;魏主如芳、如髦,皆制于权臣,柔弱则有之,不得谓之荒淫。可当荒淫者,其为孙皓乎,二也。籍之所慨,岂独在区区一魏哉?

蓬池,池名,在开封东北。大梁,魏惠王所都,即今开封也。莽茫茫,莽草茫茫也。鹑火,南方七宿之柳也。鹑火昏中,为夏历九、十月之交。日月相望,月之十五、十六也。"小人计其功"二句本《荀子》语,但《荀子》"君子"句在上耳。道,由也,道其常,由其常道也。功犹利也。此憔悴指一身言。道其常,不以不义进,所以不惜终于憔悴也。"咏言著斯章",即谓本篇。

与欢,与为欢也。永路,长道也。不见行车马,非谓无车马也。《叔于田》之诗曰:"叔于田,巷无居人。岂无居人。不如叔也,洵美且仁。叔适野,巷无服马。岂无服马,不如叔也,洵美且武。"此亦为车马之客,皆为无足轻重之人耳。"孤鸟、离兽"二句,喻民之离散也。"晤言"犹"对谈"也。"写"字为言"泻"也,谓倾泻其怀抱也。诗名"咏怀",观此可知其意。

征、行一义。如犹之也。"不在己"犹言不关己。适犹遂也。榭,筑高台而作屋其上,故曰高榭。嬿婉即燕妮。从容谓闲逸也。奄犹忽也。友生即友朋。《常棣》之诗曰:"虽有兄弟,不如友生。""谢友生"承上"远征行"言,告辞之意,亦兼有规劝之情焉。

第七首亦咏古事以为后戒。魏都即大梁也。吹台在大梁东南,吹读去声,谓歌吹之台也。梁王谓安釐王,魏为秦困,自安釐王始。至其孙假遂归于秦。夹林,梁地,盖游猎之所。华阳,本韩地,后入于魏,秦攻魏,必由此入。安釐王三年,秦将白起即尝破魏于此,走其将芒卯,于是围大梁焉。

处蒿莱,谓遗于野而不用也。

天网,喻法网之密。随波,喻与俗浮沈。纷纶犹纷纷。
凫,鸭也。"无期度"犹言无准。不虞,谓意外也。停,留也。
冲虚,冲和亲虚也。"采药无旋返",言列仙采药无有复返
者,则是长生亦不足据,故曰"神仙志不符","志不符"者与
"其夙志"相乖刺也。籍与嵇康叔夜齐名,后世谈诗者亦每
以嵇阮并称。兹选有阮无嵇,盖嵇之长在四言,故五言不
入焉。

陆机

猛 虎 行

　　渴不饮盗泉水,热不息恶木阴。恶木岂无枝,志士
多苦心。整驾肃时命,杖策将远寻。饥食猛虎窟,寒栖
野雀林。日归功未建,时往岁载阴。崇云临岸骇,鸣条
随风吟。静言幽谷底,长啸高山岑。急弦无懦响,亮节
难为音。人生诚未易,曷云开此衿。眷我耿介怀,俯仰
愧古今。

　　鼎足之际,文学之士,萃于北方。吴蜀罕闻,实嫌寂寂。
江东赖有二陆,发其精英,虽入晋始显,要自霸业之遗。选

135

者乌得遗诸。机字士衡,吴郡人,逊之孙,抗之子也。抗卒,
领父兵为牙门将。晋兵下吴,乃归故里华亭,十年不出。后
入洛,展转至平原内史。成都王颖起兵讨长沙王义,以机假
后将军河北大都督,战败被谗诛死。猛虎行,乐府旧有此
题,此袭用之。不饮盗泉水,见《尸子》曰:"孔子过于盗泉,
渴矣,而不饮,恶其名也。"不息恶木阴,见《管子》佚文,曰:
"士怀耿介之心不荫恶木之枝。恶木尚能耻之,况与恶人同
处。"肃,敬也。时命,时君之命。策,马挝也。日归犹日入。
载阴,则阴也,谓岁暮。崇,高也。骇,动也。条,小枝也。
言,念也。岑,山尖也。懦犹缓也。亮与谅通。亮节谓贞信
之节。难为音者,非音声所可表达也。衿同襟,即谓怀抱
也,此指下"耿介"字。眷犹顾也。"俯仰愧古今"者,虽有耿
介之怀而不得展,有愧于古今之志士,与篇首相应也。此诗
当是入晋以后之作。

赴洛道中作二首

　　总辔登长路,鸣咽辞密亲。借问子何之,世网婴我
身。永叹遵北渚,遗思结南津。行行遂已远,野途旷无
人。山泽纷纡馀,林薄杳阡眠。虎啸深谷底,鸡鸣高树
颠。哀风中夜流,孤兽更我前。悲情触物感,沈思郁缠

绵。伫立望故乡,顾影凄自怜。

远游越山川,山川修且广。振策涉崇丘,安辔遵平莽。夕息抱影寐,朝徂衔思往。顿辔倚高岩,侧听悲风响。清露坠素辉,明月一何朗。抚枕不能寐,振衣独长想。

密亲谓至亲也。婴,加也、萦也。北渚、南津,江之南北也。纡馀,曲折而悠远。阡眠,一作芊眠,茂密也。木丛生曰林,草丛生曰薄。杳,暗也。更,读去声。我前,谓经我前也。思,亦读去声,下同。伫立,久立也。安辔,犹缓辔,不加鞭策,故曰安。顿,停顿。

陆云答张士然

行迈越长川,飘飘冒风尘。通波激狂渚,悲风薄丘榛。修路无穷迹,井邑自相循。百城各异俗,千室非良邻。欢旧难假合,风土岂虚亲。感念桑梓域,髣髴眼中人。靡靡日夜远,眷眷怀苦心。

云字士龙,机弟。与机他入洛,亦事成都王颖,表为清河内史。机败,云亦被害。此诗亦言赴洛道中光景。张士然,云吴中旧友也。枉渚曲渚也。薄,迫也。迹为行人之迹。古有邑之处必有井,故以井、邑连言。相循,相依连也。

"良邻"之"良"与孟子言"良贵"、"良知"之"良"同,谓本然、本有也,非善良之谓。欢旧,欢好、故旧也。《桑梓》见《诗经·小弁》之诗曰:"维桑与梓,必恭敬止。"言父祖之所手植,见之不敢怠慢也。此云"桑梓域",意即桑梓之地,谓乡里也。髣髴,亦作仿佛、彷彿。眼中人指张士然,髣髴谓髣髴见之也。靡靡犹迟迟,行不进也。眷眷,依念也。

傅玄

豫章行苦相篇

　　苦相身为女,卑陋难再陈。男儿当门户,堕地自生神。雄心志四海,万里望风尘。女育无欣爱,不为家所珍。长大逃深室,藏头羞见人。垂泪适他乡,忽如雨绝云。低头和颜色,素齿结朱唇。跪拜无复数,婢妾如严宾。情合同云深,葵藿仰阳春。心乖甚水火,百恶集其身。玉颜随年变,丈夫多好新。昔为形与影,今为胡与秦。胡秦时相见,一绝逾参辰。

玄字休奕,北地泥阳人。司马炎为晋王,以玄为散骑常侍。及受魏禅,玄与皇甫陶共掌谏职,履有封奏。后为司隶校尉,以事免官,卒于家。所著有《傅子》内、外、中篇,合百四十首，数十万言，今多散佚。豫章，汉郡邑名。《乐府》旧有此辞，首曰"白杨初生时，乃在豫章山"，下多残缺，大致言为山客所伐，离其根株，不复连合。玄取其意，以言女子既嫁，一旦见捐，亦不再好合，故题曰《豫章行苦相篇》。苦相者，禄相之苦，犹言薄命也。文辞晓达，不注可知。当重男轻女之世，而有此诗为女子鸣其不平，实为难能可贵，不可不特为表章者也。

秋 胡 行

秋胡纳令室，三日宦他乡。皎皎絜妇姿，冷冷守空房。燕婉不终夕，别如参与商。忧来犹四海，易感难可防。人言生日短，愁者苦夜长。百草扬春华，攘腕采柔桑。素手寻繁枝，落叶不盈筐。罗衣翳玉体，回目流采章。君子倦仕途，车马如龙骧。精诚驰万里，既至两相忘。行人悦令颜，借息此路傍。诱以逢卿喻，遂下黄金装。烈烈贞女忿，言辞厉秋霜。长驱及居室，奉金升北堂。母立呼妇来，欢情乐未央。秋胡见此妇，惕然怀探汤。负心岂不惭，永誓非所望。清浊必异源，枭凤不并翔。引身赴长流，果哉絜妇肠。彼夫既不淑，此妇亦太刚。

《秋胡妻》见汉刘向《列女传》曰:"鲁秋潔妇者,秋胡之妻也。纳之五日,去而宦于陈,五年乃归。未至其家,见路傍有美妇人方采桑,而悦之。下车谓曰:'力田,不如逢丰年;力桑,不如见国卿。今吾有金,愿以与夫人。'妇曰:'采桑力作,纺绩织纴,以供衣食奉二亲,养夫子,已矣。不愿人之金。'秋胡遂去妇至家,奉金遗母。母使人呼其妇,妇至,乃向采桑者也。妇污其行,去而东走,自投于河而死。"此诗即本《列女传》而赋之,但传言五日,此云三日,或后世传写而讹耳。絜字同潔,称为潔妇者,言其不受污也。攘腕,攘袖而露其腕也。流采谓目之光采,犹后世言流波送盼之流波也。章与彰同。君子指秋胡。骧,腾也。逢卿喻,即指力桑不如见国卿之言。厉秋霜,谓厉于秋霜也。奉金即捧金。北堂,母所居也。"探汤"见《孟子》曰"见不善如探汤"。汤,今所谓沸水也。"负心"句就秋胡言,"永誓"句则就其妻言。永誓犹永盟,言不相背也。"枭凤"一作"凫凤","凫"疑乃"枭"字之讹。果,决也。不淑,不善也。此妇亦太刚,评语甚正。今演此剧,改作秋胡悔谢结局,倘亦由此启发欤?

秦 女 休 行

庞氏有烈妇,义声驰雍凉。父母家有重怨,仇人暴且强。虽有男兄弟，志弱不能当。烈女念此痛，丹心为寸伤。外若无意者，内潜思其方。白日入都市，怨家如平常。匿剑藏白刃，一奋寻身僵。身首为之异处，伏尸列肆旁。肉与土合成泥，洒血溅飞梁。猛气上干云霓，仇党失守为披攘。一市称烈义，观者收泪并慨忼。百男何当益，不如一女良。烈女直造县门，云父不幸遭祸殃。今仇身已分裂，虽死情益扬。杀人当伏法，义不苟活骧旧章。县令解印绶，令我伤心不忍听。刑部垂头塞耳，令我吏举不能成。烈著希代之绩，义立无穷之名。夫家同受其祚，子子孙孙咸享其荣，今我作歌咏高风，激扬壮发悲且清。

《秦氏休行》，魏左延年作，见《乐府诗集》。此诗咏庞氏妇，事与秦女略同，假其名用之。傅诗较左作为精采，故遗彼而取此。案《三国志·庞淯传》附传其母娥云："初，淯外祖父赵安为同县李寿所杀，淯舅兄弟三人同时病死。寿家喜，淯母娥自伤父雠不报，乃帏车袖剑，白日刺寿于都亭前。徐诣县，颜色不变，曰：'父雠已报，请受戮。'禄福长尹嘉解印绶纵娥。娥不肯去，遂强载还家。会赦得免。"禄福即今酒泉，于汉正凉州属。诗云"义声驰雍凉"，事合地亦合。然则休奕所赋为庞娥无疑也，事盖在汉之末年。其方，各本作无方，"无"自是讹字，兹校正。都市即都亭。汉制十里一亭，十亭一乡。都亭为一亭市集之所，泛言之，亦得曰都市也。寻犹旋也,登时之义。失守谓失其主张。披骧,分散也。慨忼即慨慷。"百男"二句乃市人观者之言。情益扬,情益畅也。隳,坏也。章,刑章。至此为烈女之言。"令我伤心不忍听",我,县令自我也,此县令之言。汉制,大县曰令,小县曰长。然通言之令亦长也。"令我史举不能成",我,刑部自我也。举谓举其案辞,此刑部之言也。希代犹希世。绩,业也。祚,福也。

左思

咏史诗八首

　　弱冠弄柔翰,卓荦观群书。著论准过秦,作赋拟子虚。边城苦鸣镝,羽檄飞京都。虽非甲胄士,畴昔览穰苴。长啸激清风,志若无东吴。铅刀贵一割,梦想骋良图。左眄澄江湘,右盼定羌胡。功成不受爵,长揖归田庐。

　　郁郁涧底松,离离山上苗。以彼径寸茎,荫此百尺条。世胄蹑高位,英俊沈下僚。地势使之然,由来非一朝。金张藉旧业,七叶珥汉貂。冯公岂不伟,白首不见招。

吾希段干木，偃息藩魏君。吾慕鲁仲连，谈笑却秦军。当世贵不羁，遭难能解纷。功成耻受赏，高节卓不群。临组不肯緤，对珪宁肯分。连玺曜前庭，比之犹浮云。

济济京城内，赫赫王侯居。冠盖荫四术，朱轮竟长衢。朝集金张馆，暮宿许史庐。南邻击钟磬，北里吹笙竽。寂寂扬子宅，门无卿相舆。寥寥空宇中，所讲在玄虚。言论准宣尼，辞赋拟相如。悠悠百世后，英名擅八区。

皓天舒白日，灵景耀神州。列宅紫宫里，飞宇若云浮。峨峨高门内，蔼蔼皆王侯。自非攀龙客，何为欻来游。被褐出阊阖，高步追许由。振衣千仞冈，濯足高里流。

荆轲饮燕中，酒酣气意震。哀歌和渐离，谓若旁无人。虽无壮士节，与世亦殊伦。高眄邈四海，豪右何足陈。贵者虽自贵，视之若埃尘。贱者虽自贱，重之若千钧。

主父宦不达，骨肉还相薄。买臣困樵采，伉俪不安宅。陈平无产业，归来翳负郭。长卿还成都，壁立何寥廓。四贤岂不伟，遗烈光篇籍。当其未遇时，忧在填沟壑。英雄有迍邅，由来自古昔。何世无奇才，遗之在草泽。

143

习习笼中鸟,举翮触四隅。落落穷巷士,抱影守空庐。出门无通路,枳棘塞中途。计策弃不收,块若枯池鱼。外望无寸禄,内顾无斗储。亲戚还相蔑,朋友日夜疏。苏秦北游说,李斯西上书。俛仰生荣华,咄嗟复彫枯。饮河期满腹,贵足不愿余。巢林栖一枝,可为达士模。

思字太冲,临淄人。尝欲作蜀吴魏《三都赋》,自以所见不博,因求为秘书郎。赋成争相传写,洛阳为之纸贵焉。后齐王冏命为记室,辞不就。以疾卒。此诗八首虽曰咏史,实同述怀,第一首盖其总冒,末首最后四句,则结论也。弱冠,见《小戴礼记·曲礼篇》曰:"二十曰弱,冠。"冠者,加冠,谓成人之礼也。翰,鸡羽,古取鸡羽为笔,此云柔翰,即笔也。卓荦,超绝之意,谓观书而不为书所缚也。准即準字。《过秦论》,汉贾谊所作,《子虚赋》,司马相如所作也。穰苴,齐景公将。后齐威王使大夫追论古者法,而以穰苴附其中,号曰"司马穰苴兵法",此云览穰苴,即览其兵法也。思作此诗时,吴尚未灭,故曰"志若无东吴"。铅刀,自谦之辞,铅刀虽非利,然未始无一割之用,故曰"贵一割"也。骋与逞通。江湘谓吴,羌胡谓西戎。吴在东故曰左,戎在西故曰右。"功成"二句,即后第三首希干木、慕仲连之旨也。

离离,细弱貌。苗,草初生也。荫,犹覆也、掩也。世胄,谓世家之子,长子曰胄,取其在首也。蹑,履也、践也。

英俊,才力过人者,或曰过千人曰英,过万人曰俊。下僚犹下属,僚亦作寮,古同宦曰同寮。"金张"谓汉金日磾、张汤之子孙,"日磾"音密鞮,本匈奴王子也。七叶即七世,由武帝而昭宣元成哀平,凡七也。珥貂者,侍中常侍之服,悬于耳旁曰珥。冯公,选注皆云冯唐,非也。唐在文帝时为郎中署长,事在武帝前,先后不合。且文帝闻唐言云中守魏尚之冤,即令唐持节赦尚,而武帝时又举唐贤良,以其年老不能复为官,乃以其子遂为郎,即非"不见招"也。冯公当是指冯衍。衍当王莽时,为廉丹掾属,从丹征山东,说丹弃莽兴汉,丹不从,因亡从更使。更使没,归光武。光武怨其不时至而黜之。尝一度为曲阳令,有功,而尝不行。后竟老废而死。于时则顺,于境则符,又衍能文章,与太冲正一类人物。吾决知太冲之意在衍而不在唐也。

段干木,子夏弟子,为魏文侯师。诸侯以是不敢加兵于魏,故曰"偃息藩魏君"。藩之为言护也。偃息,安居不动声色之意。赵孝成王时,秦兵围赵,魏使客将军辛垣衍说赵尊秦昭王为帝,仲连适在赵,因责辛垣衍曰:"秦权使其士,虏使其民。彼则肆然而为帝,连有赴东海而死耳,不忍为之民也。"衍遂不敢言帝秦,而秦兵闻之,亦为退五十里,故曰"谈笑却秦军"。详见《战国策》及《史记》列传。秦兵既引去,赵相平原君欲封仲连,连辞谢。平原君乃置酒,以千金为连寿,连笑曰:"所贵于天下之士者,为人排急释难解纷而无所取也。即有取者，是商贾之行，连不忍为也。""遭难"以下盖言此事。组，印绶也。缫同继，系。鲁连未尝为官，故云"临组不肯缫"，亦承上"不羁"言。珪者，诸侯所执，一作圭。此言赵欲封连事。分，谓分地也。玺，印也。连玺，如苏秦佩上国相印之类。曜同耀，谓照耀也。孔子曰："不义而富且贵，于我如浮云。"言不值一顾也。

济济，言人物之盛也。盖，车盖。术犹道也。朱轮，朱漆其车轮，二千石以上得乘之。竟者，自头至尾也。馆者，所以馆客，庐者临时所设也。许史，皆外戚之家。许者，宣帝许皇后，史者，宣帝祖母史良娣也。太子之妾曰良娣。扬子，扬雄也，雄字子云，成都人。所著书曰《太玄》以拟《易》，曰《法言》以拟《论语》。玄虚，指《太玄》言，准宣尼，指《法言》言。尼者，孔子之字，宣者，汉平帝所赠孔子之谥也。雄亦能辞赋，有《甘泉》、《羽猎》、《长扬》等赋，并采入《文选》。故曰"辞赋拟相如"。悠悠，久也。八区犹八方也。

灵景即谓日景。神州，言中国也。中国名曰赤县神州，其说始于邹衍，见《史记》。紫宫，神仙所居，此以喻帝京也。蔼蔼，盛多也。"攀龙鳞，附凤翼"，语本扬子《法言》，言趋竟富贵也。歘犹忽也。"被褐而怀玉"，语本《老子》。阊阖，洛阳西城门名。许由，尧时人。尧让天下于由，由不受，隐于箕山以终。追谓步其后尘也。仞，八尺。振衣濯足，并言不污于尘俗。

荆轲为燕太子丹刺秦皇，读者所熟知，不更注。震同振，读平声。渐离，高渐离也，善击筑，后始皇使矐其目而令击筑。渐离灌铅筑中以撞始皇，不中，遂遇害。"虽无壮士节"以下，思自谓也。邈通藐，孟子所谓说大人则藐之，言小视之也。豪右，豪强有势之称，古以右为上，故曰豪右。何足陈，何足道也。钧，三十斤也。

主父，主父偃也。骨肉，父子兄弟之亲。偃自言："游学四十年，身不得遂，亲不以为子，昆弟不收。"所谓骨肉相薄也。买臣，朱买臣。伉俪谓其妻也。不安宅犹不安于室，言其妻求去也。偃与买臣皆汉武时人。负郭犹背郭。翳，蔽也，谓屋足以蔽身而已。壁立，所谓家徒四壁立，言无余物也。长卿，司马相如字。遗烈犹言遗耀，故曰"光篇籍"。迍邅，一作屯邅，困而不进也。草泽犹草野。

习习，飞也。落落，与世不相入也。枳，俗所谓野桔子。枳棘并举，皆以其有刺也。中途犹途中。块若犹块然。禄，俸禄。蔑，言轻也。苏秦，洛阳人，其言合从，自赵与燕始，故曰北游说。说，读如税。李斯，上蔡人，入秦上书，故曰西。俛仰咄嗟，皆言俄顷也。俛仰以身形言，咄嗟以口气言。彫同凋，彫枯谓秦与斯皆不得其死也。饮河、巢林，并见《庄子》，曰："鹪鹩巢于深林，不过一枝，偃鼠饮河，不过满腹。"偃鼠即鼹鼠，亦作鼴，今谓之田鼠。达士谓明达之士。模，楷模、模范也。

刘琨赠卢谌

握中有玄璧,本自荆山璆。惟彼太公望,昔在渭滨叟。邓生何感激,千里来相求。白登幸曲逆,鸿门赖留侯。重耳任五贤,小白相射钩。苟能隆二伯,安问党与仇。中夜抚枕叹,想与数子游。吾衰久矣夫,何其不梦周。谁云圣达节,知命故无忧。宣尼悲获麟,西狩涕孔丘。功业未及建,夕阳忽西流。时哉不我与,去矣如云浮。朱实陨劲风,繁英落素秋。狭路倾华盖,骇驷摧双辀。何意百炼刚,化为绕指柔。

琨字越石,中山魏昌人。永嘉之初,为并州刺史,领匈奴中郎将。值寇乱相仍,加以饥荒,到郡之日,馀户不满二万。琨抚循劳来,流人稍集。终以刘聪、石勒前后逼胁,战亡颇众。不得已从飞狐入蓟,依幽州刺史鲜卑段匹磾。匹磾与从弟末波相图,琨以嫌为匹磾所拘。诗作于是时。卢谌者,琨妻妹妹之子也,尝为琨从事,与琨投匹磾,匹磾用为别驾,甚见信任。琨诗举白登、鸿门之事,盖望谌能有奇略以相救,而谌未之能也。琨竟为匹磾缢死,年才四十八。琨诗有奇气,论者以为可继魏武。兹选不尽从昭明《文选》,参以《晋书》本传所载,略有考订焉。玄璧,玄色之璧,璆,玉之美者也。荆山产玉，世夸和氏璧，即其所出也。二句盖藉以誉谌之才美。太公望，吕尚也。叟，读平声，太公钓于渭滨，故曰渭滨叟。曲逆，陈平所封。汉高为匈奴冒顿困于平城，因陈平出奇计得免。留侯张良，鸿门宴事，众所习知也。重耳晋文公名，五贤者，狐偃、赵衰、颠颉、魏犫、胥臣，后文之所谓党也。小白，齐桓公名，射钩，谓管仲，乾时之战，管仲尝射桓公，中其带钩，后文之所谓仇也。伯即霸也。隆谓使之尊重。数子谓太公已下。《论语》"子曰：甚矣吾衰也，久矣吾不复梦见周公"，此用其语，谓想数子而不得遇之也。"乐天知命故不忧"，《易·系辞传》文。此文"谁云"直贯两句，盖欲反其说也。鲁哀公十四年，西狩获麟，孔子曰："孰为来哉，孰为来哉。"反袂拭面，涕泣沾袍。见《公羊传》。此引其事，以见圣人亦守节而有忧也。"不我与"犹云"不我待"。"云浮"之"浮"犹飘也、过也。实，果实。英，华也。华盖，车盖之华美者。骇，惊也。双辀所谓夹辕也。末二仅自伤俯仰随人不能强立也。刚，今作钢。

赵整讽谏诗二首

　　昔闻孟津河，千里作一曲。此水本自清，是谁搅令浊。

北园有枣树，布叶垂重阴。外虽饶棘刺，内实有赤心。

整一名正，字文业，洛阳人，一曰济阴人。事苻坚为著作郎，后迁至黄门侍郎。坚末年，宠惑鲜卑，惰于政事。整因歌谏曰"昔闻孟津河"，坚动容曰："是朕也。"又歌曰"北园有枣树"，坚笑曰："将非赵文业耶？"北方胡乱，文事阒然无闻。惟坚用王猛，治国稍有规模，故其下得有赵整。诗虽简，而意则切矣。亦略近于汉之古诗。枣木赤色，故云内实有赤心。

吴隐之酌贪泉赋诗

古人云此水，一歃怀千金。试使夷齐饮，终当不易心。

隐之字处默，鄄城人。安帝隆安中，隐之为广州刺史，未至州二十里，地名石门，有水曰贪泉。咸云饮之者怀无厌之欲。隐之酌而饮之，因赋此诗。及在州，清操逾厉。歃亦作唼，啜也。夷齐，伯夷叔齐。

陶潜

赠羊长史

序曰：左军羊长史衔使秦川，作此与之。

愚生三季后，慨然念黄虞。得知千载外，正赖古人书。贤圣留馀迹，事事在中都。岂忘游心目，关河不可逾。九域甫已一，逝将理舟舆。

闻君当先迈，负疴不获俱。路若经商山，为我少踌躇。多谢绮与角，精爽今何如。紫芝谁复采，深谷久应芜。驷马无贳患，贫贱有交娱。清谣结心曲，人乖运见疏。拥怀累代下，言尽意不舒。

此诗作于刘裕平姚泓时。序云"衔使秦川"者，盖羊奉使至长安，关中之地为秦川之流所经，故曰秦川。秦川，今之清水河也。羊名松龄，长史者众史之长，若今之秘书长。愚，自称。三季即三代。黄虞，黄帝与虞舜也。中都谓中原。九域犹九州也。刘裕既灭南燕慕容超，擒蜀谯纵，今又破姚秦，骎骎有收复中原之势，故云"九域甫已一"也。

商山，四皓隐居之所，在今商县东。少踌躇，少停也。绮谓绮里季，角谓（古音角如禄，今别作角，非也）角里先生。馀二曰东园公、夏黄公，相传四皓之名也。精爽，如今言精采。紫芝,芝草之一种,《古今乐录》载有《紫芝歌》,谓是四皓所作,其辞曰:"莫莫高山,深谷逶迤。晔晔紫芝,可以疗饥。唐虞世远,吾将何归。驷马高盖,其忧甚大。富贵之畏人兮,不若贫贱之肆志。""紫芝"以下诸句,大抵本此歌为说,其云清谣,亦指此歌也。无贳患,贳,贷也,谓患不可宽贷,即歌所云,其忧甚大也。运见疏,谓不与运相值,即歌所云"唐虞世远,吾将何归"也。慨念黄虞,皆由不满于当世。理想所托,托之于古云尔。若以为眷怀古初,是欲返于朴野,未为能知作者之意者也。累代犹历代。意不舒谓意未尽也。

桃 花 源 诗

赢氏乱天纪,贤者避其世。黄绮之商山,伊人亦云逝。往迹浸复淹,来径遂芜废。相命肆农耕,日入从所憩。桑竹垂馀荫,黍稷随时艺。春蚕收长丝,秋熟靡王税。荒路暧交通,鸡犬互鸣吠。俎豆犹古法,衣裳无新制。童孺纵行歌,斑白欢游诣。草荣识节和,木衰知风厉。虽无纪历志,四时自成岁。怡然有馀乐,于何劳智慧。奇踪隐五百,一朝敞神界。淳薄既异源,旋复还幽蔽。借问游方士,焉测尘嚣外。愿言蹑轻风,高举行吾契。

诗前本有记,以人所习诵也,略之。嬴氏谓秦也,秦之先姓嬴。天纪犹天理。贤者避世,孔子语,见《论语》。黄绮指四皓。伊人谓桃源中人。《秦风·蒹葭》之诗曰:"所谓伊人,在水一方。"淹,没也。肆,习也。憩,息也。时艺,谓种植有常时也。靡,无也。暧,暗也。谓之"荒路"者,往来人寡也。俎豆,食用之器。豆以盛脯醢,俎以供牲体也。游诣,交游而问候也。"纪历"之纪与记通。五百者,五百年也。由秦始至晋孝武太元,殆六百年,而云五百年者,以孟子有"五百年必有王者兴"之说,谓其时理应有变革也。敞,开也。神界即指桃源,神犹秘也。还幽蔽,谓渔人辞去后遂无问津者,还其不与世通之原来也。游方士,谓游方之内之士。"游方之内"、"游方之外",语见《庄子·大宗师篇》,方内、方外犹域内、域外也。下云"尘嚣外"即方外矣。吾契,与相契合者。《桃源》一诗,即慨念黄虞之所托,非实有其地其人也,以记合观,当能深知其意。

归田园居二首

少无适俗韵,性本爱丘山。误落尘网中,一去三十年。羁鸟恋旧林,池鱼思故渊。开荒南野际,守拙归园田。方宅十馀亩,草屋八九间。榆柳荫后檐,桃李罗堂

153

前。暖暖远人村,依依墟里烟。狗吠深巷中,鸡鸣桑树
颠。户庭无尘杂,虚室有馀闲。久在樊笼里,复得返
自然。

种豆南山下,草盛豆苗稀。晨兴理荒秽,带月荷锄
归。道狭草木长,夕露沾我衣。衣沾不足惜,但使愿
无违。

诗本五首,此其第一第三首也。语自易晓,不更注。

癸卯岁始春怀古田舍二首

在昔闻南亩,当年竟未践。屡空既有人,春兴岂自
免。夙晨装吾驾,启涂情已缅。鸟弄欢新节,泠风送馀
善。寒竹被荒蹊,地为罕人远。是以植杖翁,悠然不复
返。即理愧通识,所保讵乃浅。

先师有遗训,忧道不忧贫。瞻望邈难逮,转欲志常
勤。秉耒欢时务,解颜劝农人。平畴交远风,良苗亦怀
新。虽未量岁功,即事多所欣。耕种有时息,行者无问
津。日入相与归,壶浆劳近邻。长吟掩柴门,聊为陇亩民。

怀古田舍,怀古田舍之贤也。甲子纪年,古人常事。说
者为义熙_{晋安帝年号}以后,渊明知宋将代晋,因用甲子纪年,
以示不臣宋之义。此瞀说也。癸卯在义熙之前,其时刘裕

方在草莽，即此知纪年无深意矣。"南亩"即用《豳风·七月》"馌彼南亩"语，谓稼穑之事也。未践者，未能实践此事。"屡空"见《论语》，孔子以此称颜子，言其常空乏也。春兴即春作，兴读平声。非春兴、秋兴后人诗题之云也。缅，远也。弄同哢，鸣也。新节谓始春。泠风，轻风。《庄子·逍遥游篇》云："列子御风而行，泠然善也。"故下云"送馀善"。善者适意之谓，犹今时言馀爽尔。本有作冷风者，误也。《论语》："子路从而后，遇丈人以杖荷蓧。子路问曰：'子见夫子乎？'丈人曰：'四体不勤，五谷不分，孰为夫子？'植其杖而芸。"植杖翁即谓是也。即理愧通识，谓其但知躬耕自养，而不能关怀天下之休戚。然而足以保其清节而不污，故又转曰"所保讵乃浅"。讵与岂同，岂乃浅，不浅也。

先师，称孔子。"君子忧道不忧贫"，孔子之言。逮，及也。常勤指田事。勤，勉也。畴，旱田也。岁功谓一岁之收成。量犹测也。问津，亦见《论语》，曰："长沮桀溺耦而耕。孔子过之，使子路问津焉。"津，渡口。浆，酒浆也。劳，读慰劳之劳。陇亩民，谓农民也。

庚戌岁九月中于西田获早稻

人生归有道，衣食固其端。孰是都不营，而以求自

安。开春理常业,岁功聊可观。晨出肆微勤,日入负未
还。山中饶霜露,风气亦先寒。田家岂不苦,弗获辞此
难。四体诚乃疲,庶无异患干。盥濯息檐下,斗酒散襟
颜。遥遥沮溺心,千载乃相关。但愿常如此,躬耕非
所叹。

归有道,归于有道也。其端,犹云其本。肆即肆力之
肆,谓尽其微勤也。弗获犹不得也。异患,谓非常之患,如
刑僇之类。干,犯也。盥,洗手。濯,濯足。散襟颜,散怀解
颜也。沮溺即长沮、桀溺,以其长大魁桀,而耕于沮溺之中,
记者因以所见名之,实非其本名也。古之隐逸之士,恒讳其
姓字,不欲人知,盖不独薄于权利,亦且羞于声誉也。

饮 酒 四 首

序从略

结庐在人境,而无车马喧。问君何能尔,心远地自
偏。采菊东篱下,悠然见南山。山气日夕佳,飞鸟相与
还。此中有真意,欲辨已忘言。

清晨闻叩门,倒裳往自开。问子为谁与,田父有好
怀。壶浆远见候,疑我与时乖。繿缕茅檐下,未足为高
栖。一世皆尚同,愿君汩其泥。深感父老言,禀气寡所
谐。纡辔诚可学,违己讵非迷。且共欢此饮,吾驾不

可回。

　　子云性嗜酒，家贫无由得。时赖好事人，载醪祛所惑。觞来为之尽，是谘无不塞。有时不肯言，岂不在伐国。仁者用其心，何尝失显默。

　　羲农去我久，举世少复真。汲汲鲁中叟，弥缝使其淳。凤鸟虽不至，礼乐暂得新。洙泗辍微响，淹流逮狂秦。诗书复何罪，一朝成灰尘。区区诸老翁，为事诚殷勤。如何绝世下，六籍无一亲。终日驰车走，不见所问津。若复不快饮，空负头上巾。但恨多谬误，君当恕醉人。

本二十首，兹选其四。题曰《饮酒》，实则言志之作。序所言既醉之后辄题数句自娱，是也。采菊，古人菊以供蔬，非赏其花也。后人言赏菊自渊明始，盖不考之过。

　　倒裳，用《诗·东方未明》"颠倒衣裳"语。"谁与"之"与"，"与"、"欤"同，问辞也。好怀，犹言好心、好意。繿缕同褴褛，衣敝也。"汨其泥"见《楚辞·渔父篇》曰"世人皆浊，何不汨其泥而扬其波。众人皆醉，何不哺其糟而歠其醨"。汨一作淈，没也。寡所谐，谓寡合也。纡辔，犹云纡轸，今之所谓走弯路也。吾驾不可回，喻志不可变也。

　　醪，浊酒。祛所惑，谓解其惑也。谘，问也。塞，充也、满也，谓满足问者之意。伐国，用柳下惠事"昔者鲁君问于柳下惠曰：我欲攻齐如何。柳下惠对曰：不可。退而有忧色,曰:吾闻之也,谋伐国者不问于仁人也。此何为至于我"。见董仲舒《春秋繁露》。显默,犹语默也。

羲农,伏羲、神农也。鲁中叟,谓孔子。"凤鸟不至",孔子之言,见《论语》。洙泗,二水名,鲁正在二水之间,意指孔子讲学之地。响,承上礼乐言,谓孔子之声教。辍,止也。"诗书"二句,指秦焚书事。诸老翁,谓汉之诸经师,如伏生、申公之辈。六籍,即六经也。"终日"二句,喻世人之不明道也。头上巾,谓儒巾也。但恨多谬误,谦辞,亦反语,盖谓谬误惟当出于醉人,世人自不醉,而何为谬误如是也。

南北朝隋

南豫州军士为王玄谟、宗越语

宁作五年徒,莫逢王玄谟。玄谟犹自可,宗越更杀我。

《宋书·王玄谟传》,迁南豫州刺史,加都督。玄谟性严克少恩,而将军宗越御下更奇酷。军士为之语如此。南豫州治历阳,今安徽和县也。

时人为檀道济歌

可怜白浮鸠,枉杀檀江州。

歌见《南史·道济传》。道济金乡人,尝从宋武伐秦有功。文帝义隆即位,拜征南大将军、江州刺史。命督师伐魏,三十馀战皆捷,以粮尽,全军而还。镇寿阳。朝庭忌其威名,又诸子并有才气,文帝疾笃,召其入朝,彭城王义康矫诏收付廷尉,及其八子并诛之。道济见收时,脱帻投地曰"乃自坏汝万里长城"。魏人闻之喜曰"道济死,吴子不足惮矣"。此歌为哀道济而作,以白浮鸠起兴者,白浮鸠本拂舞曲名,当时盛行于江左,藉以见宋自此不能有为也。浮鸠,他书亦作"符鸠"。

时人为胡母颢语

禾绢闭眼诺,胡母大张橐。

宋明帝刘彧时,官以贿命,中书舍人胡母颢专权,奏无不可。时人语之如此。见《南史·明帝纪》。"禾绢闭眼诺"者,言是禾是绢茫然莫辨,但知昌日诺而已。指宋明已。张橐,谓胡母颢尽收禾绢而有之。

百姓为袁粲、褚渊语

可怜石头城。宁为袁粲死,不作颜回生。

萧道成既有代宋之谋,以粲镇石头有异志,乃遣军主戴僧静刺杀粲。僧静入,粲子最觉有异,大叫抱父乞先死。粲曰:"我不失忠臣,汝不失孝子。"遂并遇害。兵士知之,人人陨涕。褚渊与袁粲同受宋明遗命,亦尝许粲以同心。而卒泄粲谋,甘为齐高帝佐命之臣。故百姓语以讥之。见《南史·褚彦回传》。《南史》以避唐高祖李渊讳,故举褚字而不书名。粲字景倩。

鹿子开城门谣

鹿子开城门,城门鹿子开。当开复未开,使我心徘徊。城中诸少年,逐欢归去来。

谣见《南史·梁昭明太子萧统传》。前注屡言《昭明文选》,即其人也。史以为此谣为昭明早死之谶,并释鹿子开反语为来子哭,又以欢即昭明长子华容公欢,嫡孙次当嗣位,而梁武迟疑不决,卒立晋安王纲,故有"心徘徊"之语。此皆附会,不足信。详推谣意,只是刺讥梁武政事无常,优容而寡断。逐欢归去来,盖告人勿作奢望。其云鹿子,必有所指,但今则不可考耳。谣辞宛转生姿,确是妙笔。若作谶语观,便觉都无声色。故就文论文,亦不得不为之纠正,不仅病其附会已也。

巴 马 子 谣

可怜巴马子,一日行千里。不见马上郎,但见黄尘起。黄尘污人衣,卓荚相料理。

谣见《南史·陈本纪赞》,谓之童谣,以为指王僧辩。僧辩本乘巴马以击侯景,"马上郎"王字也。此自可信。但又云"尘"为"陈"也,为陈霸先袭杀僧辩之谶。又以为江东谓杀羊角为卓荚,隋民姓杨,杨,羊也。言陈终灭于隋,兴亡之兆盖有数云。牵强附会,不独害理,亦违事实。考姚思廉《梁书》僧辩本传言"侯景退走朱方,僧辩全众将入据台城。时军人卤掠京邑剥剔士庶,民为其执缚者,袒衣不免,尽驱逼居民以求购赎。自石头至于东城,缘淮号叫之声震响京邑。于是百姓失望"云云。谣当作于僧辩入都之时,黄尘起者,正言其不戢兵士姿意掠夺。僧辩用兵素有名,民之属望甚切,今乃如是,故云不见马上郎。至"皁荚相料理",盖怨愤之馀,欲有起而驱除之者。案之当时事实,意自可通,不知李延寿何以错解。无他,"一语谶"之见误之也。

陈人齐云观歌

齐云观,寇来无际畔。

见《南史·陈后主纪》。观此歌,知民怨之深,果也。观未毕功,后主便为隋师所虏。

魏李彪引谚

一日不书,百事荒芜。

见魏收《魏书·彪传》。因论复旧职修史官,表内引此。

高谦之引谚

迷而知返,得道未远。

见《魏书·谦之传》。谦之为河阴令,在县上疏引此。

魏孝明帝时洛下谣

铜拔打铁拔，元家世将末。

见《北齐书·神武纪》，云："初孝明之时，洛下以两拔相击，谣曰云云。好事者以二拔谓拓拔、贺拔，言俱将衰败之兆。"案拔即钹也。魏本鲜卑种，以拓拔为姓，自孝文帝由平城迁都洛阳，乃改姓元氏。贺拔谓贺拔胜、贺拔岳兄弟，《魏书》各有传，其先与拓拔同出。后岳为齐神武高欢所害，胜随魏孝武西奔长安，于是魏分为东西焉。拓拔亦书作拓跋。齐神武者，高欢也。

魏静帝时童谣

可怜青雀子，飞来邺城里，羽翮垂欲成，化作鹦鹉子。

亦见《北齐书·神武纪》。魏孝武既西奔长安，欢乃立清河王亶子善见为帝，是为孝静帝。以洛阳逼近西魏，乃迁都于邺。故谣云"飞来邺城里"也。鹦鹉子指高欢，言政在欢手，齐终将代魏也。

隋长安人为崔弘度、屈突盖语

宁饮三升酢,不见崔弘度。宁茹三升艾,不逢屈突盖。

《隋书·崔弘度传》:弘度素贵,御下严急,动行捶罚。吏人詟气,闻其声莫不战栗。检校太府卿,官属百工,见之者莫不流汗。时有屈突盖为武侯骠骑,亦严刻。长安为之语曰云云。《北史》略同。惟"升"字作"斗","茹"字作"炙","酢"字作"醋"。案酢、醋一也。太府卿掌府库财物。屈突亦鲜卑种姓。又《旧唐书·屈突通传》,通隋开皇中为右武侯车骑将军,通弟盖为长安令。时人语曰:"宁食三升艾,不见屈突盖。宁服三斗葱,不见屈突通。"以盖与通兄弟并说,盖官名又异,自是传闻不同,无妨并存也。

无名氏读曲歌十首

思欢久。不爱独枝莲,只惜同心藕。

奈何许。石阙生口中,衔碑不得语。

忆欢不能食。徘徊三路间,因风觅消息。

奈何不可言。朝看暮牛迹,知是宿蹄痕。

怜欢敢唤名,念欢不呼字。连唤欢复欢,两誓不相弃。

暂出白门前,杨柳可藏乌。欢作沈水香,侬作博山炉。

种莲长江边,藕生黄蘗浦。必得莲子时,流离经辛苦。

坐倚无精魂,使我生百虑。方局十七道,期会是何处。

黄丝呷素琴,泛弹弦不断。百弄任郎作,唯莫广陵散。

打杀长鸣鸡,弹去乌白乌。愿得连冥不复曙,一年都一晓。

歌名"读曲"者,其谁不一。惟《古今乐录》曰:"读曲歌者,元嘉十七年(元嘉,宋文帝年号)袁后崩,百官不敢作声歌,或因酒讌,止窃声读曲,细吟而已。"案之辞义,此说最近。盖以其曼声微吟,有似读曲然,故谓之《读曲歌》云。但作者非止一人,又不必皆在宋时。《乐府诗集》所载,多至八十九首,兹仅选十首。其中有三句成章者,又有四句中插入一七言句者,读此可以知诗之变。至其多用隐语,则正承《子夜歌》之遗风,郭茂倩总之为"吴声歌曲",是也。沈水香,即今云沈香。博山炉,香炉上刻镂作众山形者。蘗,亦

作檗,其木皮与实皆入药,以味苦著,俗作黄柏,则省写之讹
也。方局十七道,即谓棋局也。呥,以口吮丝使润也。广陵
散,琴曲名。嵇康将刑东市,索琴弹之,曰:"昔袁孝尼尝从
吾学广陵散,吾每靳固之,于今绝矣。"见《晋书·康传》。此
诗则但取散义。乌臼鸟,乌臼树上之鸟也。唐人金昌绪《打
起黄莺儿》一绝,当从此出。

又华山畿三首

相送劳劳渚。长江不应满,是侬泪成许。

奈何许。天下人何限,慊慊只为汝。

腹中如乱丝,愤愤适得去,愁毒已复来。

华山畿,地名。华山者,即今江苏句容之花山,亦谓之
宝华山者是。《乐府诗集》所辑凡二十五首。其第一首曰:
"华山畿,君既为侬死,独生为谁施。欢若见怜时,棺木为侬
开。"诗名为"华山畿"者,当由此始。而《古今乐录》造作一
事以实之,亦若今所传梁山伯、祝英台者然,谓男子死后,棺
从华山过,女子歌此,棺即应声而开,女遂奔入。此好事之
说,不足凭也。

又襄阳乐二首

朝发襄阳城，暮至大堤宿。大堤诸女儿，花艳惊郎目。

人言襄阳乐，乐作非侬处。乘星冒风流，还侬扬州去。

此襄阳人所作曲也，故谓之《襄阳乐》。第二首则扬州人作，观辞可知，即此可证非出一手。大堤，地名，襄阳最繁盛处。冒风流，冒风与流水也。而亦语涉双关。

又企喻歌四首

男儿欲作健，结伴不须多。鹞子经天飞，群雀两向波。

放马大泽中，草好马著膘。牌子铁裲裆，钲鉾鸐尾条。

前行看后行，齐着铁裲裆。前头看后头，齐者铁钲鉾。

男儿可怜虫，出门怀死忧。尸丧狭谷中，白骨无

167

人收。

企喻歌，北曲也。其名企喻不可晓，当是鲜卑或氏、羌语之译音。今辞亦是译成。考汉时有匈奴歌云："失我焉支山，令我妇女无颜色。失我祁连山，令我六畜不蕃息。"翻胡语为汉文，与汉人所自为者几无二，可谓译才之尤者矣。此四诗亦自不逊。波，为播之转音，播者，分散而逃也。著臕，今云长臕，肥也。牌子，即腰牌也。裲裆，亦作两当。言一当胸前，一当背后，即今云背心也。钲鍪，即兜鍪之俗字，本"胄"声之缓读，今所云盔也。鶡，同翟，雉之长尾者。《男儿可怜虫》一首，或云是苻融作。融，坚之季弟也，死于淝水之战。

琅 邪 王 歌

琅邪复琅邪，琅邪大刀王。鹿鸣思长草，愁人思故乡。

新买五尺刀，悬着中梁柱。一日三摩娑，剧于十五女。

客行依主人，愿得主人强。猛虎依深山，愿得松柏长。

憔马高缠鬃，遥知身是龙。谁能骑此马，唯有广平公。

本八首,选四首。此亦北人所歌。然遗民所作,非出羌胡之口。以其辞意可推知也。第一首疑是思晋而作。其曰琅琊王者,晋元帝之本封也。然则此首当入晋诗,以《乐府诗集》编入梁鼓角横吹曲,故从旧列于南北朝。第三首则与虏相习后之作,故有"愿得主人强"之语。第四首"广平公",考之《晋书·载记》,为姚弼封号。弼,姚兴之子,姚泓之弟。则此为姚秦时诗无疑。娑,同挲。剧,犹甚也。憎,与快同。《琅琊》一首,《乐府诗集》本列在后,兹特移前。

折杨柳歌三首

上马不捉鞭,反折杨柳枝。下马吹长笛,愁杀行客儿。

遥看矛津河,杨柳郁婆娑。我是虏家儿,不解汉儿歌。

健儿须快马,快马须健儿。跸跋黄尘下,然后别雄雌。

本五曲,选其三。第二首必是译作,其自云虏家儿,可见也。跸跋,快马蹄声,以《企喻》等歌辞与前《读曲歌》、《华山畿》相较,南歌多道男女之爱,北歌则侈言戎马之雄。南之不竞于北，即此可知。谁云声音之道不与政通哉？

无名氏木兰诗

唧唧复唧唧，木兰当户织。不闻机杼声，唯闻女叹息。问女何所思，问女何所忆。女亦无所思，女亦无所忆。昨夜见军帖，可汗大点兵，军书十二卷，卷卷有爷名。阿爷无大儿，木兰无长兄。愿为市鞍马，从此替爷征。东市买骏马，西市买鞍鞯。南市买辔头，北市买长鞭。旦辞爷娘去，暮宿黄河边。不闻爷娘唤女声，但闻黄河流水鸣溅溅。旦辞黄河去，暮宿黑山头。不闻爷娘唤女声，但闻燕山胡骑鸣啾啾。万里赴戎机，关山度若飞。朔气传金柝，寒光照铁衣。将军百战死，壮士十年归。归来见天子，天子坐明堂。策勋十二转，赏赐百千强。可汗问所欲，木兰不用尚书郎。愿借明驼千里足，送儿还故乡。爷娘闻女来，出郭相扶将。阿妹闻姐来，当户理红妆。小弟闻姊来，磨刀霍霍向猪羊。开我东阁门，坐我西间床。脱我战时袍，着我旧时裳。当窗理云鬓，对镜贴花黄。出门看火伴，火伴皆惊皇。同行十二年，不知木兰是女郎。雄兔脚扑朔，雌兔眼迷离。两兔傍地走，安能辨我是雄雌。

《木兰诗》，各选本皆以为梁人作。梁人安得有此，此自北魏诗也。或以诗称可汗，可汗乃突厥以称其王者，疑作之当在隋唐之间。是又不考之过。可汗之名，始于鲜卑，不始于突厥。魏称可汗，见于《魏书》。前乎此者，慕容燕亦称可汗。《唐书·乐志》言："北狄乐今存之五十三章，其名可解者六章，《慕容可汗》、《吐谷浑》、《部落稽》、《钜鹿公主》、《白净皇太子》、《企喻》也。"是慕容称可汗之证。然兹断为北魏而不以为燕时作者，则以诗言北征之武功，惟北魏之于柔然，足以当之。黑山，依《通鉴》注即杀虎山，在今内蒙自治区内，魏时奄有其地，若燕则非所及也。此其一。又观"归来见天子，天子坐明堂"句，明是孝文帝迁都洛阳，一切改用中夏制度后气象，则此作或即在孝文时。此其二。若有人以"朔气传金柝"一联对仗工整，音调和协，疑为唐人所作。见其小而疑大，其为偏见，即又不足驳也。《乐府诗集》载有《折杨柳枝歌》有曰："勅勅何力力，女子临窗织，不闻机杼声，只闻女叹息。问女何所思，问女何所忆。阿婆许嫁女，今年无消息。"亦在梁鼓角横吹曲之内。其用语正与木兰诗开首相同。若非同时之作，即自《木兰诗》脱换而出。是又《木兰诗》非隋唐后作之一佐证也。唧唧，织机声，亦叹息声。木兰，诗不言姓，后人称为花木兰者，乃从木兰字上附会出之，非实有考据也。可汗读如克寒，盖鲜卑语之译音也。军书即军帖，徵兵之名册也。戎机犹兵机，兵机贵速，故云"关山度若飞"。"黄河"、"黑山"是实写,此则虚写,"关山"两字中,包括无数地名在内矣。柝,所以警夜者。此二句写军中光景。将军一联,则将战事一一包括在内,亦虚写法也。明堂,古王者听政施教之地,其制见《周官·考工记》。策同册,勋功也。记功必有册,故曰策勋。转谓升转。赏赐,赐金也。百千强,百千有馀也。不用尚书郎,欲以尚书郎官之,而不受也。愿借明驼千里足,本作"愿驰千里足"。惟段成式《酉阳杂俎》引作此七字,文义较优,因改从之。"相扶将"犹云"相扶持",即此三字,爷娘已老可见。"阿妹闻姐来"一作"阿姐闻妹来"者,误。霍霍,刀声。"西间"一作"西阁",亦误。"花黄"即所谓"额黄",以黄涂之于额,故曰"额黄",其花样有种种,故又曰"黄花"。此云"同行十二年",而上云"壮士十年归"者,彼举成数也。"扑朔"一作"扑握",兔走时两足跳掷之状。

高阳乐人歌

可怜白鼻騧,相将入酒家。无钱但共饮,画地作交赊。

何处礤觞来,两颊色如火。自有桃花容,莫言人劝我。

《古今乐录》曰,魏高阳王乐人所作也。案高阳王名雍,孝文帝之弟。明帝以后,屡执朝政,而素无学识,国事之败,雍责为多。及孝庄为尔朱兆所弑,雍亦遇害。二诗出自乐人,雅有思致,故取之。騧,黄马而黑喙,今又白鼻,故曰白鼻騧。可怜者可爱也。交赊,交易而赊贷。画地,言画地为券也。碟即踏之声变,大啜也。觞,酒厄。

颜延之

五君咏五首

阮 步 兵

阮公虽沦迹,识密鉴亦洞。沈醉似埋照,寓辞类托讽。长啸若怀人,越礼自惊众。物故不可论,途穷能无恸。

嵇 中 散

中散不偶世,本自餐霞人。形解验默仙,吐论知凝神。立俗迕流议,寻山洽隐沦。鸾翮有时铩,龙性谁能训。

刘　参　军

刘伶善闭关，怀情灭闻见。鼓钟不足欢，荣色岂能眩。韬精日沈饮，谁知非荒宴。颂酒虽短章，深哀自此见。

阮　始　平

仲容有云器，实禀生民秀。违者何用深，识微在金奏。郭奕已心醉，山公非虚觏。屡荐不入官，一麾乃出守。

向　常　侍

向秀甘淡薄，深心托毫素。探道好渊玄，观书鄙章句。交吕既鸿轩，攀嵇亦凤举。流连河里游，恻怆山阳赋。

延之，字延平，临沂人。宋文帝时，以太子中庶子领步兵校尉。延之好酒疏诞，不能斟酌当世，见刘湛、殷景仁专当要任，意有不平。常云："天下之务，当与天下共之，岂一人之智所能独了。"辞甚激扬。湛甚恨焉。言于彭城王义康，出为永嘉太守。延之乃作《五君咏》以述竹林七贤，山涛、王戎以贵显被黜。湛及义康大怒，欲黜为远郡。文帝曰："宜令思愆闾里。"于是屏居不豫人间者七载。后孝武帝时,以光禄大夫卒官,故世称"颜光禄"云。诗虽云五君,实以明志。沈约《宋书·延之传》曰:"'鸾翮有时铩,龙性谁能驯'、'物故不可论,途穷能无恸'、'屡荐不入官,一麾乃出守'、'韬精日沈饮,谁知非荒宴',此四句盖自序也。"四句特其尤显者耳。实则五章即无一非自抒其胸臆。沦,没也,沦迹,犹云晦迹。洞,深入也。寓辞,指《咏怀诗》言。类,大抵也。长啸,谓登苏门山与孙登共啸事,物,犹事也。途穷者,籍时率意独驾,不由径路,车迹所穷,辄恸哭而返。并见《晋书·籍传》。

稽中散,稽康也。康官中散大夫。餐霞,用相如《大人赋》语,曰:"呼吸沆瀣餐朝霞。"形解,如道家所谓"尸解",言康虽被诛,实未死也。论,指康所著《养生论》。凝神,语出《庄子》,曰"其神凝",言神固而不散也。迕同忤,逆也。隐论犹隐逸。洽,契也、合也。"鸾翮"二句比身可废而性不可易。铩,伤残也。

刘伶为建威参军,故曰刘参军。闭关,语见《易·复卦·大象》,即指下"怀情灭闻见"说,谓葆其精神不与外界相接触也。晋人多习道家修养之术,不独稽叔夜有养生之论而已。凡此诗所言,大抵意旨相似。"韬精"同上云"埋照"。"颂酒"指伶所作《酒德颂》。见,读现,与上闻见之见义异,谓表见也。《颂》云:"以日月为扃牖,八荒为庭衢。"又云:"俯观万物扰扰,焉如江汉之载浮萍。"诗所云"深衷",盖

175

谓是也。

阮始平者,籍之兄子,名咸,官始平太守。始平郡治在今陕西兴平县,东晋侨置于湖北均歊,后皆废。仲容,咸之字也。青云,喻其器宇之高大。达者,谓通音律。乐器中有名阮者,形似琵琶而圆,即咸之所作,或即以阮咸呼之。识微在今奏,谓时荀勖造乐成,咸议其声高不中雅音。大乐以编钟为主,故曰"在金奏"也。郭奕,太原阳曲人,当世有重名。心醉,谓心倾于咸也。山公即山涛,涛尝举咸为吏部郎,三上而武帝不能用。故云"屡荐不入官"。觏,犹见也。一麾出守,即指为始平太守。

向秀官散骑常侍,故称向常侍。毫素,谓纸笔,言其好著述也。"探道好渊玄"指秀注《庄子》,"渊玄"言深微也。吕者,吕安。秀常与吕安灌园于山阳,又与嵇康同锻于洛邑,故有"交吕攀嵇"之语。轩、举,皆言高飞,以喻不与世俗同伍。河里,即河内。山阳县属河内郡,在今河南修武县西北。河内郡治则今之怀县也。后人以秀所居之山阳为今淮安之山阳,实误。山阳赋,即《思旧赋》,秀过山阳故居,闻邻家笛声而作,悼安与康之死者也。竹林七贤事见《晋书·嵇康传》,竹林地即在修武。

谢灵运

登池上楼

　　潜虬媚幽姿,飞鸿响远音。薄霄愧云浮,栖川怍渊沈。进德智所拙,退耕力不任。徇禄反穷海,卧疴对空林。衾枕昧节候,褰开暂窥临。倾耳聆波澜,举目眺岖嵚。初景革绪风,新阳改故阴。池塘生春草,园林变鸣禽。祁祁伤豳歌,萋萋感楚吟。索居易永久,离群难处止。持操岂独古,无闷徵在今。

　　灵运,东郡阳夏人,以祖与父并葬会稽始宁,又移籍为始宁人。祖玄,封康乐公,灵运袭封,入宋,降爵为侯,封如故,故人称谢康乐。尝为永嘉太守,性好山水,既不得志,遂肆意狂遨,所至辄为题咏,以致其意。逾年辞归始宁。文帝立,徵为秘书监。故人又称谢监。后为临川内史。在郡游放,不异永嘉。为有司所纠,徙广州。有言其谋反者,诏就广州弃市。此诗在永嘉疾起后作。首四句言已不能为虬之幽潜、鸿之远飞。虬亦作蚪,龙子有角者。进德,语本《易经·乾卦·文言》。但此意在官业之进,非实谓德也。穷海,指永嘉,以在海滨,故曰穷海。又

177

云"反者",永嘉与会稽毗邻,就始宁籍言,故曰反也。疴亦作痾,病也。"衾枕"承"卧疴"言,以日在衾枕之间,故昧于节候。昧,不明也。褰开,褰帷开户,言登楼也。波澜,言水,岖嵚,言山。卧疴在冬,故前云"空林";病起在春,故此云"初景"、云"新阳"。绪,犹馀也,"绪风"谓冬之馀风。革,亦改也。"池塘春草"二句,向为诗家所称,灵运亦自谓得此句若有神助。盖其佳处全在病起节移,蓦然间耳目一新。正如《牡丹亭·游园曲》中"却原来姹紫嫣红开遍"一句,惊喜之情如见。若不观前后,只于本句中琢磨,亦自人人可说,未见有特异处也。祁祁、幽歌,见前《七月》诗。萋萋,《楚辞·招隐士》中语,曰"王孙游兮不归,春草生兮萋萋"。招隐士者,汉淮南王客所作。淮南本楚地,又拟屈原宋玉之辞,故曰"感楚吟"也。离群、索居,见《礼记·檀弓》"索群者离居"也。"易永久"言易感长久,"难处心"即难为心处于安也。操,操守。"无闷"亦见《易·乾卦·文言》,曰:"遯世无闷,不见是而无闷。"《易》本作无,无即無也。闷者,心烦闷也。徵,验也。此言不独古人能持其操而不易,而今亦能无闷,可以按验也。操读去声。无闷字正与开首潜字相应,盖遯世云云,在《易》正说乾之初爻潜龙也。

游赤石进帆海

首夏犹清和，芳草亦未歇。水宿淹晨暮，阴霞屡兴没。周览倦瀛壖，况乃凌穷发。川后时安流，天吴静不发。扬帆采石华，挂席拾海月。溟涨无端倪，虚舟有超越。仲连轻齐组，子牟眷魏阙。矜名道不足，适己物可忽。请附任公言，终然谢天伐。

赤石，永嘉海边地名。进帆海者，进而张帆远入于海也。帆读去声，与诗中"扬帆"帆字异。彼实字，此处用也。首夏，初夏也。水宿，盖谓宿于舟中。淹，久留也。兴没，犹起没。瀛壖，海边也。凌，过也。《庄子·消摇游篇》曰："穷发之北有溟海者，天池也。"此云穷发，即谓溟海。溟海，海之深广处也。川后，水神。天吴，海兽，旧云八首八足八尾，其背黄青，见《山海经》，疑即今章鱼之大者耳。不发，言不出现。石华，生石上，如华然，故名。海月，即今所谓海蜇也。席亦帆类，帆以布，席以蒲篾也。无端倪，无涯际也。虚舟，喻舟之轻灵。超越，破浪而行也。仲连见前。子牟，魏公子牟也。公子牟身在江海之上，心居魏阙之下，见《吕氏春秋》。眷犹恋也。矜名指子牟，适己指仲连。《庄子·外物篇》言："任公子为大钩巨缁，五十犗以为饵，蹲乎会稽，投竿东海。大鱼食之，牵巨钩錎没而下，白波若山，海水震荡。任公子得若鱼，离而腊之。自湔河以东，苍梧以北，莫不厌若鱼者。"此喻规大者不志小。"请附任公言"者，欲比附于此说也。谢天伐，言物有可以夭折我、戕伐我者当谢去之。终然，终于如此也。

石壁精舍还湖中作

昏旦变气候，山水含清晖。清晖能娱人，游子憺忘归。出谷日尚早，入舟阳已微。林壑敛暝色，云霞收夕霏。芰荷迭映蔚，蒲稗相因依。披拂趋南径，愉悦偃东扉。虑澹物自轻，意惬理无违。寄言摄生客，试用此道推。

此去永嘉归始宁后作。灵运祖有田居在始宁太康湖，此云还湖中，即还其田居也。石壁，湖上山间地名。精舍者，佛舍也。晖，光也。游子，自谓。憺，安也。阳，太阳。暝色即晚色。霏谓云霞之气，如雨滴纷然，故曰霏也。芰，俗所云鸡头。迭，交也。蔚犹重叠也。"披拂"承上"蒲稗"言，径为所碍，必披拂之始得过也。愉悦，劳倦而得休息，故舒畅也。澹同淡。惬，快也。"理无违"者，与理合而无迕也。摄生犹言养生，摄之为言持守而不失也。试用此道推，谓道不出乎上所云云也。

入彭蠡湖口作

　　客游倦水宿，风潮难具论。洲岛骤回合，圻岸屡崩奔。乘月听哀狖，浥露馥芳荪。春晚绿野秀，岩高白云屯。千念集日夜，万感盈朝昏。攀崖照石镜，牵叶入松门。三江事多往，九派理空存。灵物郄珍怪，异人秘精魂。金膏灭明光，水碧辍流温。徒作千里曲，弦绝念弥敦。

　　此赴临川内史任经湖口时作也。回合、崩奔，并言江行之速，见洲岛若回若合，圻岸若崩若奔，故下"骤"字、"屡"字，非真回合、真崩奔也。骤，数也，与屡义同。圻者，水土之际，犹岸也。彭蠡即鄱阳湖。狖，一作狖，音柚，猿黑色似狸者。荪，溪荪，生水边，叶似菖蒲。浥，湿也。馥，香发也。屯，聚也。灵运在始宁，探寻幽险，开凿山道，为会稽守孟顗所发，表其有异志，不得已诣阙自明，于是有临川之命。诗云"千念"、"万感"，盖不独行旅之艰，兼抱身命之惧。三江以下，托之吊古求仙，犹是此旨，语非虚造也。石镜，山有悬崖，明净照见人影，故名。松门，涧名，青松夹于两岸，并在湖上。三江，语本《书经·禹贡》曰"三交既入"，郑玄注云：

"左合汉为北江,右会彭蠡为南江,岷江居其中为中江。"今见《初学记》。然郑说虽如此,实已不见三江之迹,故云"事多往"。九派即九江,亦见《禹贡》曰"九江孔殷"。殷,盛也。《汉书·地理志》注引应劭曰:"江自寻阳分为九。"郭璞《江赋》亦曰"流九派乎寻阳",今九江之名实由于此。然地势迁变,欲考其派已不可得,故曰"理空存"。灵物,谓江湖灵怪所聚,如唐人小说所云"洞庭君"之类。异人指神仙。郄同杳。郄珍怪、秘精魂,言皆不得见也。金膏、水碧,仙药之名。曰灭、曰辍,亦不见之意。流温,言水碧所在,其流常温也。千里曲,谓琴曲,取名千里者,以江行千里,且临川去建康,道亦千里也。弦绝曲罢,而愁思不解,故曰"念弥敦"。敦,厚也。灵运诗以雕琢对偶胜,当时与延平并称,谓之颜谢。后人又以与渊明并称,谓之陶谢。然谢实非陶匹。陶出之自然,谢则全由功力,有时失之晦涩重腿。惟于山水有深契,其刻画山水之妙,自可独步千古,故吾之所取,亦惟在此。

谢惠连秋怀

平生无志意,少小婴忧患。如何乘苦心,矧复值秋晏。皎皎秋月明,奕奕河宿烂。萧瑟含风蝉,寥唳度云雁。寒商动清闺,孤灯暖幽幔。耿介繁虑积,展转长宵半。夷险难预谋,倚伏昧前算。虽好相如达,不同长卿慢。颇悦郑生偃,无取白衣宦。未知古人心,且从性所玩。宾至可命觞,朋来当染翰。高台骤登践,清浅时陵乱。颓魄不再圆,倾羲无两旦。金石终销毁,丹青暂雕焕。各勉玄发欢,无贻白首叹。因歌遂成赋,聊用布亲串。

惠连,灵运族弟,灵运深赏其诗文。尝为彭城王义康法曹参军,故世称谢法曹。又称灵运为大谢,惠连为小谢。"无志意"者,言无大志也。惠连父方明,在吴兴、会稽,两遭孙恩之乱,流离艰险,仅得还都,寄居国子学,困穷特甚。后虽官至丹阳尹,而卒年才四十七。诗云"少小婴忧患",盖实录也。秋晏,秋晚。矧与况同义。河宿,银河与列宿。奕奕,有光也。含风蝉,谓蝉迎风而噪。萧瑟同萧飒。寥唳,雁声,言其高而远也。商,秋风,以五音言,秋属商也。暖,暗也。繁,多也。半,谓已达半。夷,平易也,与险对。难预谋,难以预求也。"倚伏"语出《老子》,曰:"祸兮福所倚,福兮祸所伏。"此云倚伏,犹云祸福矣。昧前算,昧于前算也。相如即司马相如,长卿,相如字,并已见前。达谓通达。通达之过,失之简慢,故云好其达而不同其慢。郑生,郑均也,《后汉书》有传,章帝时,公车特徵,再迁尚书,称病乞骸骨。拜议郎,遂称病笃,归里。后帝东巡,过任城,幸均一家,敕赐尚书禄以终其身。人因号为白衣尚书,此诗"白衣宦"之由来也。偃者偃蹇,谓高傲不欲仕也。酖,习也。命觞言置酒,染翰言为文也。清浅,一作清波。陵谓超越。乱,绝流而渡也。魄,月魄。颓,落也。羲,羲和,本日官名,因以称日。倾羲谓西倾之日也。金石用以纪功,丹青用以图形,云"终销毁"、"暂雕焕",谓功名亦难永存也。玄犹黑也。串,古贯字,读作习惯之惯,言狎习也,与贯串意异。"布亲串"者,赋此诗分散与素所亲狎之人也。

鲍照

东 武 吟

主人且勿諠,贱子歌一言。仆本寒乡士,出身蒙汉恩。始随张校尉,占募到河源。后随李轻车,追虏穷塞垣。密途亘万里,宁岁犹七奔。肌力尽鞍甲,心思历凉温。将军既下世,部曲亦罕存。时事一朝异,孤绩谁复论。少壮辞家去,穷老还入门。蒴镰刈葵藿,倚杖牧鸡豚。昔如鞲上鹰,今似槛中猿。徒结千载恨,空负百年怨。弃席思君幄,疲马恋君轩。愿垂晋主惠,不愧田子魂。

照字明远,东海人。文帝时为中书舍人。帝颇以文章自负,忌人出其上。照悟其旨,为文乃多鄙言累句,以此自全。后随孝武帝子临海王子顼镇荆州,为前军参军。杜甫《春日忆李白诗》称"俊逸鲍参军",以此也。明帝或弑废帝子业自立,子顼不奉诏,举兵应晋安王子勋。事败,子顼死,照亦遇害。唐人以照与武后名曌声相同,改照为昭,故书亦有称鲍昭者。东武,汉郡,今山东高密诸城县是。谓之东武吟者,以地名也。誼同喧。寒乡士,言出身微贱也。张校尉,张骞也。骞使大夏,尝穷黄河之源,故此亦云"到河源"。占募,谓占名而应募,占名今所谓签名也。轻车,为轻车将军之省,李蔡也。虏指匈奴。塞垣,塞上之垣,即长城也。密,通也。宁,安也。言"密途"、"宁岁"者,举近以况远,标安以见危也。七奔,《左传·成七年》云"于是乎一岁七奔命"是也。历,经历。凉温犹炎凉,此谓世态,非说气候也。下世犹去世,谓死也。部曲,汉兵制,营下有部,部下有曲,部有校尉,曲有军候。罕存,少生存也。绩,功绩,虽有绩而无援,因曰孤绩。"谁复论"者,无人为之申论也。覲即腰字,腰镰,带镰也。豚一作独,字同。牧,放牧。韝,背韝,出猎时所以栖鹰,今猎人犹如是。槛,阑槛。韝上鹰,言其猛利;槛中猿,言其困惫也。怨,读平声如冤。负犹抱也。就前胸言曰抱,就后背言曰负,一也。弃席,被弃之席。幄,帐也。"弃席"与"晋主"一事,见《韩非子》。晋主,晋文公也。

《韩非子》云："文公至河,令曰'笾豆捐之,席蓐弃之,手足胼
胝面目黧黑者后之'。咎犯闻之而夜哭。公曰'寡人出亡二
十年,乃今得反国,咎犯闻之,不喜而哭。意者不欲寡人反
国邪'。咎犯对曰'笾豆所以食也,而君捐之;席蓐所以卧
也,而君弃之;手足胼胝面目黧黑,有劳功者也,而君后之。
今臣与在后中,不胜其哀,故哭之'。文公乃止。"轩,车也。
"疲马"与"田子"一事,见《韩诗外传》曰:"昔田子方出见老
马于道,喟然有志焉。以问于御曰:'此何马也?'御曰'故公
家马也。罢而不用,故出放之。'田子方曰:'少尽其力,而老
弃其身,仁者不为也。'束帛而赎之。"罢与疲同。思君恋君,
托言己虽见摈,而犹有故主之思。故终曰"愿垂晋主惠,不
愧田子魂",望得有为文公、田子方者重复收录之。晋主言
"惠",田子言"魂",此互文也。以其人已死,故云不愧其魂。

东 门 行

伤禽恶弦惊,倦客恶离声。离声断客情,宾御皆涕
零。涕零心断绝,将去复还诀。一息不相知,何况异乡
别。遥遥征驾远,杳杳落日晚。居人掩闺卧,行子夜中
饭。野风吹草木,行子心肠断。食梅常苦酸,衣葛当苦
寒。丝竹徒满坐,忧人不解颜。长歌欲自慰,弥起长恨端。

伤禽恶弦惊，即俗云惊弓之鸟也。语出《国策》"更赢与魏王处京台之下，谓魏王曰'臣为王引弓虚发而下鸟'，魏王曰'然则射可至此乎'，更赢曰'可'。有间，雁从东方来，更赢以虚发而下之。魏王曰'然则射可至此乎'，更赢曰'此孽也'。王曰'先生何以知之'，对曰'其飞徐而鸣悲'。飞徐者故疮痛也，鸣悲者久失群也。故疮未息而惊心未止也，闻弦音引而高飞，故疮陨也。"孽，所谓孤雁也。前云故疮，旧疮也。末云故疮陨者，故者承上接下之辞，疮陨，谓自伤而陨也。此以陪起。倦客，谓久于客游之人。离声，离别之声也。宾御，宾，送行者，御，御车者。诀，决别也。"一息"犹言咫尺。咫尺相隔，尚有不相闻知者，则异乡不待言，故曰"何况异乡别"。杳杳，暗也。饭，造饭。观下云"野风吹草木"可知。前云"断客情"，又云"心断绝"，此则云"心肠断"。用语虽同，而意有深浅。盖断绝则不止于断，心肠断，断者又不仅在心也。"食梅"二句又用兴语。解颜，犹开颜、破颜。"丝竹"二句，人欲解我忧而忧不解，"长歌"二句，自欲解忧而忧越甚。亦一层深一层也。

放 歌 行

蓼虫避葵堇，习苦不言非。小人自龌龊，安知旷士怀。鸡鸣洛城里,禁门平旦开。冠盖纵横至,车骑四方来。素带曳长飚,华缨结迷埃。日中安能止,钟鸣犹未归。夷世不可逢,贤君信爱才。明虑自天断,不受外嫌猜。一言分珪爵,片善辞草莱。岂伊白璧赐,将起黄金台。今君有何疾,临路独迟回。

蓼虫,蓼中所生虫。蓼味苦,故云习苦。葵堇,皆菜之甘者。虫既习于苦,故遇甘者反避之。"不言非"者,不以苦为非也。龌龊,褊浅也。此诗全用反说。小人,所以自况。旷士谓达士,下文所云者是也。何以知其为反说,观开端与结尾可知。故放歌者放言也。旧注误会诗意,因以放为放逐不用,谓放臣冀望仕进之心,而小人不知谅之。如是,则"素带曳长飚,华缨结迷埃。日中安能止,钟鸣犹未归",极写奔竞逐鹜之丑,何为者耶? 禁门,宫门,以其禁人出入,故谓之禁门。车骑,或车或骑也。骑读去声。埃,尘埃。钟鸣,暮钟鸣也。夷世谓太平之世。不可逢,言难得也。天,以喻君,谓断自帝心。"不受外嫌猜",言不以人言为进退也。"一言"二句,甚道爱才。"白璧"二句,以证不受外嫌猜。黄金台,燕昭王所筑以待郭隗者。岂伊,犹岂惟、岂但也。疾,病也。"今君有何疾,临路独迟回",故作问辞,实以自道。疾,即习苦之疾,迟回,即避葵堇之志也。诗本明白,而注家转曲折为说,异矣。

以上三诗,各选本题上多一"代"字。代者,题本乐府旧名，出有拟作，故谓之代。然如曹孟德之《蒿里》、《薤露》，陈孔彰之《饮马长城窟》，俱不言代。《昭明文选》选此数诗，亦不加代字。兹故不依各本而从《文选》去之。

拟 古 二 首

幽并重骑射，少年好驰逐。毡带佩双鞬，象弧插雕服。兽肥春草短，飞鞚越平陆。朝游雁门上，暮还楼烦宿。石梁有馀劲，惊雀无全目。汉虏方未和，边城屡翻覆。留我一白羽，将以分符竹。

十五讽诗书，篇翰靡不通。弱冠参多士，飞步游秦宫。侧睹君子论，预见古人风。两说穷舌端，五车摧笔锋。羞当白璧贶，耻受聊城功。晚节从时务，乘障远和戎。解佩袭犀渠，卷衮奉卢弓。始愿力不及，安知今所终。

二诗虽曰《拟古》，实亦写心。鞬以受弓，服以盛矢。双鞬者，左右各一，雕服者，上有漆彩也。象弧，弓绣饰以象牙者。鞚，马勒也。楼烦，汉县名，属雁门郡，皆今在山西北部。石梁，用宋景公事。景公使工人为弓，九年乃成，景公援弓东西而射之，矢逾于西霜之山，集于彭城之东，其馀力逸劲，犹饮羽于石梁。见《文选》注引阚子，阚子者吴阚泽，

其书已亡。惊雀,用帝羿射雀欲中左目而中其右目事。云
"无全目"者,谓欲全其目而不能也。见晋皇甫谧《帝王世
纪》。白羽,箭也。符竹,节也,用以调兵遣使者。言欲留一
箭,立功破虏,以分取将守之任也。

讽,背诵也。"篇翰"义指文章。两说谓合从连横之说。
五车,见《庄子》,曰:"惠施多方,其书五车。"摧笔锋,谓摧毁
旁人之笔锋。贶,赐也。"耻受聊城功",亦鲁仲连事。田单
既复齐,而燕将守聊城不去。田单攻之逾岁,士卒多死,卒
不能克。仲连为书以遗燕将,燕将遂罢兵去。田单欲爵仲
连,仲连不受。见《战国策》。晚节,犹晚年也。乘障,谓守
边。和戎,与戎虏息战而媾和也。犀渠,犀甲也。袭犹服
也。袭亦作袯,所以韬书卷者,卷,藏也。卢弓,弓之黑色
者。始愿力不足,谓非始愿所及,力亦不胜。安知今所终,
谓不能测其究竟。疑此为参荆州军事时作。以文士辅稚
子,权在长史,当危疑之际,而无心腹之托,则宜其忧惧也。

沈庆之侍宴诗

微生遇多幸,得逢时运昌。朽老筋力尽,徒步还南
冈。辞荣此圣世,何愧张子房。

《南史·庆之传》云:"孝武帝尝欢饮,普令群臣赋诗。

庆之粗有口辩,手不知书。每将署事,辄恨眼不识字。上逼令作诗。庆之曰:'臣不知书,请口授师伯。'上即令颜师伯执笔,庆之口授之。上甚悦。众坐并称其辞意之美。"时庆之告老,以始兴郡公罢就第,故有"徒步还南冈"、"辞荣此盛世"之语。南冈,庆之所居也。子房,汉留侯张良字。庆之武人,而诗如此,盖亦有故。庆之尝言:"众人虽见古今,不如下官耳学。"耳学者,多闻而能识。即与读书何别? 若读书而不知去取,其不如耳学者,亦多有之矣。兹选此诗,不独赏其诗佳,亦服其识远。

陶弘景答齐高帝诏问山中何所有诗

山中何所有,岭上多白云。只可自怡悦,不堪持赠君。

弘景字通明,秣陵人。隐于句容之句曲山,自号华阳陶隐居。句曲即所谓茅山,《道书》称为华阳洞天者也。博学多识,常以一事不知,引为深耻。著书甚多,以《学苑》一百卷、《本草集注》最为人所称道。年八十五,至梁时始卒。梁武帝诏谥贞白先生。故世又称之陶贞白。诗意甚明,不烦注释。赠,一作寄。齐高帝,萧道成也。

谢朓

同谢谘议咏铜爵台

　　繐惟飘井干,樽酒若平生。郁郁西陵树,讵闻歌吹声。芳襟染泪迹,婵娟空复情。玉座犹寂寞,况难妾身轻。

　　朓字玄晖,于灵运为族子。故后世称灵运大谢者,亦称朓为小谢。齐明帝萧鸾时,为中书郎,出为宣城太守,故世亦称谢宣城,后迁尚书吏部郎。明帝子宝卷立,始安王遥光谋为帝,引朓,朓不从,因收下狱死。铜爵即铜雀,古爵、雀字通。铜爵台在邺,曹操所筑。操封魏公,后进魏王,邺即魏都,今河南临漳县境也。操临死遗令曰:"吾死后,吾妾与伎人皆著铜爵台。台上施六尺床,下繐帐。朝晡上酒脯粻糒之属。月旦十五日,向帐作伎。汝等时时登台,望吾西陵墓田。"诗咏台,实为此事,所以刺操之不智不仁也。繐,布之细而疏者,曰惟、曰帐,一也。井干,床之构架若井栏然,古井栏方也。"樽酒"句指朝晡上酒脯言,"若平生"者谓死后犹欲同于生前也。"歌吹声"指旦十五日作伎言。然人既死矣,西陵之上树且长大,郁然成林矣。即作伎,何由闻之,

故曰"讵闻歌吹声"，以见操之不智也。芳襟染泪迹，指姜与
伎人言，安置台中，同于幽闭，与操有何情义。故曰"婵娟空
复情"。玉座指床，亦即指操，生前煊赫，没则已焉，故曰"犹
寂寞"。魏王如此，则如姜等复何足道。故作众姜自宽之
辞，正以见操之不仁也。谢咨议者谢璟，亦朓之族人也。璟
诗未见。

晚登三山还望京邑

　　灞涘望长安，河阳视京县。白日丽飞甍，参差皆可
见。馀霞散成绮，澄江净如练。喧鸟覆春洲，杂英满芳
甸。去矣方滞淫，怀哉罢欢宴。佳期怅何许，泪下如流
霰。有情知望乡，谁能鬒不变。

　　此假还建康复之宣城道中作也。三山，江边山名，其地
今已不可考。灞涘望长安，用王粲《七哀诗》中语，见前。晋
潘岳为河阳令，有诗曰"引领望京室"，此云"河阳视京县"，
即用此。二句所谓比也。甍，屋脊瓦。丽，犹灿也。"馀霞"
一联，古今推为名句。李白《金陵城西楼月下吟》曰："月下
沈吟久不归，古来相接眼中稀。解道澄江净如练，令人长忆
谢玄晖。"其推服可见也。喧鸟，一作暄鸟。喧言其闹，暄则
言其向暖。要在一"覆"字。覆者，一洲皆鸟，极言鸟之多

也。甸,郊野之地,此要在一"芳"字。满芳甸,则不独写其色,亦且出其香、绘其神矣。"去矣"言去宣城,"怀哉"言怀京邑。"滞淫"亦见《七哀诗》,谓"羁留宣城"。"罢欢宴"谓京邑欢会不可再得也。何许,犹何时。有情,作实名用,谓有情之物也。望京邑而言望乡者,朓有田庄在钟山东,京邑即其家也。鬓,黑发。变,言变白也。

赋 贫 民 田

　　假遇非将迎,靖共延殊庆。中岁历三臺,旬月典邦政。曾是共治情,敢忘恤贫病。将无富教理,孰有知方性。敦本抑工商,均业省兼并。察壤见泉脉,觇星视农正。黍稷缘高殖,秔稌即卑盛。旧圩新塍分,青苗白水映。遥树帀清阴,连山周远净。即此风云佳,孤觞聊可命。既微三载道,庶藉两歧咏。俾尔仓廪实,余从谷口郑。

　　赋颂也。赋贫民田,谓分田与贫民。此宣城任内诗也。假遇,假如、宽假之"假",谓优遇也。非将迎,言非以逢迎得之。"靖共"本《诗经·小明》之诗,曰:"靖共尔往,正真是与。"靖者,安其往。共与恭同,言敬其事也。延,接也,今所谓接受。言惟有靖共乃可以接受殊庆也。殊庆即下所云

"历三臺"、"典邦政"。"历三臺"指为中书郎。三臺同三台，本星名，在斗枢之下，喻国家机要之地。故汉代三公亦号三臺也。此是宾。"典邦政"谓司一邦之政，指为宣城太守。此是主。中岁犹中年。旬月，浃月也。"共治"用汉宣帝诏书中语曰："与我共治天下者，其惟二千石乎。"二千石，即郡守也。恤贫病，谓恤贫民之病苦。"富教"见《论语》孔子曰"富之"，又曰"教之"。"知方"亦见《论语》子路曰"可使有勇，且知方也"。"知方"言知义、知道。理犹知也。此谓无富之、教之之治，民即无从有知方之性。然"富教"二字虽并用，却重在富。赋贫民田，即所以富之也。本谓农，敦本即重农也。业谓田业，均业即均田也。兼并谓豪强兼并。省，节制之也。壤，土壤。"农正"用《国语》"农祥晨正"语。农祥，房星。晨正者，早晨正中于天也。房星晨正，则农事当即发动，是以其星谓之农祥。视农正者，视其星正与否以定农时也。殖，繁殖，黍稷宜高土，故曰缘高殖。稌，稑稻。秔稌宜湿地，故曰即卑盛。即，就也。堮，界也。塍，一作墢、作畦，田中径也。帀，周，皆围也。远净，谓天。微，无也。三载道，用孔子"三年有成"语，谓无此道也。"两岐咏"见《后汉书·张堪传》。堪拜渔阳太守，于狐奴开稻田八千馀顷，劝民耕种，以致殷富。百姓歌曰："桑无附枝，麦秀两岐。张君为政，乐不可支。"麦秀两岐，即今所谓双穗者也。藉同借。俾，使也。尔指民。谷口郑，郑子真也，汉成帝时人，名朴,籍褒中县,隐于谷口,世号谷口子真。"余从谷口郑"者,言但使尔民仓廪充实,余得无事,即可从郑子真归隐矣。

观 朝 雨

朔风吹飞雨,萧条江上来。既洒百常观,复集九成台。空濛如白雾,散漫似轻埃。平明振衣坐,重门犹未开。耳目暂无扰,怀古信悠哉。戢翼希骧首,乘风畏曝鳃。动息无兼遂,岐路多徘徊。方同战胜者,去蕲北山莱。

此在中书时作也。观,阙也。百常,极言其高,八尺曰寻,倍寻曰常。九成,曰九层也。空濛、散漫,并叠韵字。以其不碍视谓之空,以其视不明谓之濛。散漫,飞散而弥漫也。悠,长远也。"戢翼"二句用比。"骧首"犹昂首。此喻处则思显。《三秦记》云:"河津一名龙门。两傍皆山,水陆不通,江海大鱼薄集龙门下数千。上则为龙,不得上曝鳃水次。"此用其事,以喻显又惧祸也。曝亦有作暴。鳃同腮。动息即动止。"息"承"戢翼"言,"动"承"乘流"言。无兼遂,不能两全也。岐路见《淮南子》曰:"杨子见岐路而哭之,为其可以南可以北也。"杨子即杨朱。此用"岐路",即承"动息"言,谓出处进退也。多徘徊者,意不定也。战胜者,谓孔子弟子子夏。子夏见曾子,曾子曰:"何肥也?"对曰:"战胜故肥也。"曾子曰:"何谓也?"子夏曰:"吾入见先王之义则荣之,出见富贵之乐又荣之。两者战于胸中,未知胜负,故臞。今先王之义胜,故肥。"见《韩非子》。方同者,将同也。翦同剪,翦莱,翦辟草莱而居,言归隐也。北山即钟山,以在京邑之北,故当时又谓之北山。

萧纲折杨柳

　　杨柳乱成丝,攀折上春时。叶密鸟发碍,风轻花落迟。城高短萧发,林空画有悲。曲中无别意,并是为相思。

　　纲,梁武帝萧衍第三子。初封晋安王。昭明既殂,立为太子。梁武为侯景幽死。纲嗣位。逾年,景以土囊压杀之。梁元既诛侯景,追谥为简文皇帝。折杨柳,曲名,见前。此拟作也。而已闻唐人五律之渐,故选之。简文之诗当时号为宫体,一以纤丽取胜。效之者汉魏以来豪宕之气胥失,此其敝也。上春犹孟春、初春。花,谓絮也。花絮之乱,由来久矣。角,号角,以其外加彩绘,故称画角。前四句咏柳,后四句咏折杨之曲。折柳本以赠行,赠行以表相思。故曰"并是为相思"。无别意者,无他意也。

萧绎咏阳云楼檐柳

杨柳非花树,依楼自觉春。枝边通粉色,叶里映红巾。带日交簾影,因吹扫席尘。拂簾应有意,偏宜桃李人。

绎,梁武第七子。封湘东王,镇荆州。既诛侯景,即位于江陵。后为西魏所攻,出降,遇害。陈霸先奉其子晋安郡王方智,立于建邺,追谥为孝元皇帝,故前称梁元也。此诗亦近五律。非花树,言非以花著名之树也。阳云楼,宫人所居,故有粉色、红巾之语。交簾、扫席,则是咏檐柳。吹,谓风也。桃李人,指宫人,言其有桃李之艳也。

沈约别范安成

生平少年日,分手易前期。及尔同衰暮,非复别离时。勿言一樽酒,明日难重持。梦中不识路,何以慰相思。

沈字休文,武康人,历任宋齐梁三朝。梁武代齐,约以劝进功,封建昌侯,卒谥曰隐,故后世称之沈隐侯。约撰《四声谱》。以为在昔词人累千载而不悟,而独得胸襟,穷其妙旨,自谓入神之作。虽其言近夸,要于声律实有妙契。故尝曰:"文章当从三易。易见事,一也。易识字,二也。易诵,三也。"所谓易诵,即非通于声韵,不能到也。约诗他作,不能尽如所说,若此诗者,则可谓三易具矣。范安成,范岫也。岫在齐,当为安成内史。此称其官,盖齐时作也。前期,犹云后会,以今日而望未来,曰前曰后一也。易者,轻易视之。年少终有再见之日,故不以为难也。非复别离时,非复可以离别时也。梦中不识路,事见《韩非子》,曰:"张敏与高惠二人为友,每相思不能得见,敏便于梦中往寻。但行至半道,即迷不知路,遂回。"此虽引用故实,而不加注释,亦自可解。故当时邢邵谓"沈侯文章,用事不使人觉,若胸臆语也"。约著《宋书》,今在二十四史中。

又冬节后至丞相第诣世子车中作

　　廉公失权势,门馆有虚盈。贵贱犹如此,况乃曲池平。高车尘未灭,珠履故馀声。宾阶绿钱满,客位紫苔生。谁当九原上,郁郁望佳城。

此亦齐时作。丞相者,齐豫章王嶷也,嶷死赠丞相。世子,嶷长子廉也。王侯之子称世子。诣,往候也。车中作者,归途车中所作也。廉公,廉颇,颇失权,门下客皆去,及复位,宾客复来,颇待之如初,见《史记·颇传》。有虚盈,言有时虚有时盈也。"曲池平"言死后,雍门周说孟尝君田文有云:"千秋万岁后,高台既已倾,曲池又以平。"见桓谭《新论》。珠履,春申君黄歇客时皆蹑珠履,见《国策》。曰"尘未灭"、曰"故馀声",皆以见历时未久。故,犹旧也。古堂前阶有二:东曰阼阶,主人升降由之;西曰宾阶,宾客升降由之。绿钱,苔之形圆似钱者,所谓苔钱是也。九原,春秋晋国卿大夫之墓地,见《礼记·檀弓》。佳城,见张华《博物志》,云:"掘得石椁,铭曰:'佳城郁郁。三千年,见白日。吁嗟,滕公居此室。'"滕公,汉将军夏侯婴也。后世名死者长眠之地为佳城,盖因此。谁当,犹谁将。郁郁,阴暗也。此诗似讥世俗之势利,实哀富贵之无常。想在车中忧来触怀,故不觉言之深痛如此。

江淹杂体诗四首

　　远与君别者,乃至雁门关。黄云蔽千里,游子何时还。送君如昨日,檐前露已团。不惜蕙草晚,所悲道里寒。君行在天涯,妾身长别离。愿一见颜色,不异琼树枝。兔丝及水萍,所寄终不移。古别离纨扇如圆月，出自机中素。画作秦王女，乘鸾向烟雾。彩色世所重，虽新不代故。窃恐凉风至，吹我玉阶树。君子恩未毕，零落在中部。班婕妤咏扇

种苗在东皋，苗生满阡陌。虽有荷锄倦，浊酒聊自适。日暮巾柴车，路闇光已夕。归人望烟火，稚子候檐隙。问君亦何为，百年会有役。但愿桑麻成，蚕月得纺绩。素心正如此，开径望三益。陶徵君田居

豪士枉尺璧，宵人重恩光。徇义非为利，执羁轻去乡。孟冬郊祀月，杀气起严霜。戎马粟不暖，军士冰为浆。晨上成皋坂，碛砾皆羊肠。寒阴笼白日，大谷晦苍苍。息徒税征驾，倚剑临八荒。鹪鹏不能飞，玄武伏川梁。铩翮由时至，感物聊自伤。竖儒守一经，未足识行藏。鲍参军戎行

淹字文通，考城人。亦历事三朝。在齐已贵至中书侍郎、御史中丞、侍中。梁武起兵，微服来奔。封醴陵侯，卒。故世亦称江醴陵。杂体诗凡三十首，皆模拟古人之作。今选其四。古别离者，即《十九首》中"行行重行行"一首也。雁门关在山西代县西北。黄云，云与尘沙相杂，故色黄也。团同溥。《诗》云"野有蔓草，零露溥兮"。道里犹道路。古诗曰"伤彼蕙兰华，含英扬光辉。过时而不采，将随秋草萎"。此言"不惜蕙草晚，所悲道里寒"，盖翻其意而用之。不惜己而悲行者，是进一层写法也。琼树即玉树，"不异琼

201

树枝"言见之之难也。所寄不移,喻己心不改移也。

咏扇即《怨歌行》,见前。秦王女,谓秦穆公女弄玉嫁于萧史,一旦乘凤仙去,见《列仙传》。穆公女而曰王女者,秦后既称王,则上追穆公,自亦可得王称也。乘凤而曰乘鸾者,鸾固凤之类也。彩色指画言。零落在中路,即原诗所云"恩情中道绝"也。

陶徵君,陶潜也。以晋安帝义熙末年尝徵潜为著作佐郎,不就,故有徵君之号。柴车,粗木之车,巾者,以布被为篷,为人着巾然也。潜《归去来辞》云:"或命巾车,或棹孤舟。"此用其事。稚子候檐隙,亦《归去来辞》"稚子候门"之意。隙,空地也。役,劳役。百年会有役者,言人生百年,不能无劳也。纺承蚕桑言,绩承麻言。素心见潜《移居》诗曰:"闻多素心人,乐为数晨夕。"素者,心无污染之谓。三益谓友朋。孔子曰:"益者三友。友直,友谅,友多闻,益矣。"

鲍参军,鲍照,已见前。枉,今所谓枉费,言不为之动也。尺璧,径尺之璧,璧以大为贵也。宵人即小人。恩光,恩赐也。羁,马络头。执羁谓从车,从军必以马也。孟冬,十月,十月农事毕获,古王者于是时郊祀天以报,故曰郊祀月。成皋即虎牢,在今河南汜水县西北。碛砾,小石,言路难行。羊肠,言路迂曲也。徒,众。税之为言脱也,脱驾即解驾。临,以高视下也。鹔鹏,亦凤属。玄武,龟也。此二句比己之不得志。"铩翮"承"不能飞"说,"时至"承上"孟冬

202

严霜"说。然遭逢不幸意亦在其中,故接云"感物聊自伤"也。竖,小儿。儒曰竖者,言其所见者小,与小儿等也。守一经,抱持一经,不敢稍涉于范围之外也。"行藏"语本《论语》曰:"用之则行,舍之则藏。""未足识行藏"者,未足识行藏之道也。

范云之零陵郡次新亭

　　江干远树浮,天末孤烟起。江天自如合,烟树还相似。沧流未可源,高飔去何已。

　　云字彦龙,舞阴人。与沈约同为梁武佐命,官至尚书右仆射。此诗则齐武帝萧赜时,云迁零陵内史去京之任所作也。新亭,建邺江边亭名,津渡之所。沧流,江水色苍,故曰沧流,与沧江同。源谓穷其源也。飔同帆。何已,言不知其止处也。

柳恽江南曲

　　汀洲采白蘋,日暖江南春。洞庭有归客,潇湘逢故人。故人何不返,春花复应晚。不道新知乐,只言行路远。

恽字文畅,河东解人。梁武时为吴兴太守,清静得民望,卒于任。世因称为柳吴兴。恽多才艺,弹琴弈棋,投壶射箭,并臻精妙。梁武尝称恽分其才艺,足了十人。汀,小洲也。白蘋,生水中,叶似槐,开小白花,故曰白蘋。洞庭即洞庭湖。潇湘,二水名,并在湖南。"不道新知乐,只言行路远",言其饰辞诡对也。

吴均主人池前鹤

> 本自乘轩者,为君阶下禽。摧藏多好貌,清唳有奇音。稻粱惠既重,华池遇亦深。怀恩未忍去,非无江海心。

均字叔庠,吴兴故鄣人。柳恽为吴兴,召补主簿。日引与赋诗。好事者或效之,谓为吴均体。此诗所云主人,疑即是恽。自汉以来,吏以郡将为主人,已成故事。卫懿公好鹤,鹤有乘轩者,见闵二年《左传》。乘轩,盖比于大夫也。摧藏,谓羽毛不整。唳,鹤鸣。云"怀恩未忍去"、云"非无江海心",案之《南史·恽传》,言:"均尝不得意,赠恽诗而去。久之复来,恽遇之如故。"则均之非可久羁,于此诗已见之矣。均后来以恽荐,得待诏著作。梁武使撰通史,未就,卒。

咏物之诗,要在有所寄托。如此诗其显明者,故特录之。故鄣今安吉也。

曹景宗光华殿侍宴赋竟病韵

去时儿女悲,归来笳鼓竞。借问行路人,何如霍去病。

景宗,新野人。武帝天监五年,魏攻钟离,景宗以右卫将军督众军御之。至明年三月,春水生,淮水暴涨,景宗与豫州刺史韦叡乘舰迫岸,用火夹攻,大败魏人。沿淮百馀里,尺骸相藉。景宗振旅凯入。帝于光华殿宴饮联句,令左仆射沈约赋韵。景宗不得韵,意色不平,启求赋诗。帝曰:"卿伎能甚多,人才英拔,何必止在一诗。"景宗已醉,求作不已。诏令约赋韵。时韵已尽,唯馀"竟"、"病"二字。景宗便操笔,斯须而成。帝叹不已,约及朝贤惊嗟竟日。事见《南史·景宗传》。霍去病,汉武帝时大破匈奴,所谓霍嫖姚者也。此诗虽四句,而"竟"、"病"二韵却极难押。景宗以一武人,能成此诗于仓促之间,自足令人嗟叹。今选之,亦以见诗非难作,苟通其意,不必学士文人,固人人可得佳句也。

卫敬瑜妻王氏孤燕诗

昔年无偶去，今春犹独归。故人恩义重，不忍复双飞。

霸城王整之姐，嫁为卫敬瑜妻。敬瑜亡，不嫁。所住户有燕巢，常欢飞来去，后忽孤飞。女感其偏栖，乃以缕系脚为志。后岁此燕果复再来，犹带前缕。女为诗云之。见《南史》。

何逊

赠 诸 游 旧

弱操不能植，薄伎竟无依。浅智终已矣，令名安可希。扰扰从役倦，屑屑身事微。少壮轻年月，迟暮惜光辉。一涂今未是，万绪昨如非。新知虽已乐，旧爱尽暌违。望乡空引领，极目泪沾衣。旅客长憔悴，春物自芳菲。岸花临水发，江燕绕樯飞。无由下征帆，独与暮潮归。

逊字仲言,东海郯人。梁天监中,官尚书水部郎,故后世称为何水部。初与吴均颇为武帝所亲。后失帝意,帝曰"吴均不均,何逊不逊",自是疏隔。为帝子庐陵王续继室,卒。此诗当是为梁武疏斥后作。游旧者,交友故旧也。操,守也。植,立也。伎与技同。希,希求也。役谓行役。屑屑,琐细也。光辉犹光景。万绪,万事也。已乐,甚乐。睽违,隔离也。芳菲,香鲜也。樯,船桅也。下,降也。正在行船时,故帆曰征帆。续为江州刺史,逊归盖是归江州。诗曰"望乡空引领",又曰"旅客长憔悴",其非归家甚明也。又逊为承天曾孙。承天在宋时官御史中丞,祖父亦皆任官,必即家于建康。乡亦非指东海也。

慈 姥 矶

　　暮烟起遥岸,斜日照安流。一同心赏夕,暂解去乡忧。野岸平沙合,连山远雾浮。客悲不自已,江上望归舟。

慈姥矶在安徽当涂县江北边。山石伸入水中谓之矶。诗极与唐人五律相近,但用两岸字,又烟、雾,忧、悲,不嫌意复,此则犹未失古诗质朴之趣耳。

相　送

　　客心已百念，孤游重千里。江暗雨欲来，浪白风初起。

重犹更也。此诗亦与唐人为近。

阴铿

班 婕 妤 怨

　　柏梁新宠盛，长信昔思倾。谁谓诗书巧，翻为歌舞轻。花月分窗进，苔草共阶生。接泪衫前满，单眠梦里惊。可惜逢秋扇，何用合欢名。

　　铿字子坚，本武威姑臧人。刘裕西征，其高祖袭随之南还，因为南平人。南平郡，今湖北公安也。铿初为梁湘东王法曹行参军。入陈，仕至员外散骑常侍，卒。杜甫《解闷诗》云："陶冶性灵存底物，新诗改罢自长吟。未知二谢将能事，颇学阴何苦用心。"阴即阴铿，何则何逊也。柏梁，台名。长信，见前婕妤《怨歌行》注。歌舞，谓赵飞燕以善歌舞进，见

《汉书·外戚传》。诗书,谓婕妤晓习诗书也。以下文自明白,不更注。

渡青草湖

洞庭春溜满,平湖锦帆张。沅水桃花色,湘流杜若香。穴去茅山近,江连巫峡长。带天澄迥碧,映日动浮光。行舟逗远树,度鸟息危樯。滔滔不可测,一苇讵能航。

青草湖即洞庭之南澨,惟水涸时则与洞庭不相接。以中生青草,故名青草湖。沅湘,皆水名。杜若,香草之一种,叶似襄荷,花六瓣而白色,生于湿地。茅山,即句曲山,《道书》言句曲有地穴通洞庭。逗,言相接触也。一苇杭之,见《诗经·卫风·河广》之篇。杭、航字同。

晚泊五洲

客行逢日暮,结缆晚洲中。戍楼因岊险,村路入江穷。水随云度黑,山带日归红。遥怜一柱观,欲轻千里风。

209

五洲,在湖北蕲水县西大江中,以五洲相接,故名。嶃,山石断处,一作碛。一柱观,在松滋县东丘家湖罗公洲上,宋临川王刘义庆镇江陵时所立。观甚大,而惟一柱。杜甫《所思》诗云:"苦忆荆州醉司马崔漪也,谪官樽酒定常开。九江日落醒何处,一柱观头眠几回。"则在唐时观犹依旧也。怜,爱也。欲轻千里风,谓不避风险而欲速至其地也。嶃、观皆读去声。

雪 里 梅 花

　　春近寒虽转,梅舒雪尚飘。从风还共落,照日不俱消。叶开随足影,花多助重条。今来渐异昨,向晚判胜朝。

叶谓花瓣也。"随足影"犹云"随影足","助重条"犹云"助条重",足、重二字倒在上,则皆作活字用矣。判,断定也。此诗可谓咏物之作典范,故特录之。

徐陵

关山月二首

关山三五月，客子忆秦川。思妇高楼上，当窗应未眠。星旗映疏勒，云阵上祁连。战气今如此，从军复几年。

月出柳城东，微云掩复通。苍茫萦白晕，萧瑟带长风。羌兵烧上郡，胡骑猎云中。将军拥节起，战士夜鸣弓。

陵字孝穆，东海郯人。父摛，梁简文帝为太子时，以家令兼管记室，与相酬和。宫体之行，摛实首唱。当时东宫置学士院，陵亦与其选。元帝时，尝奉命通使北齐，为齐所留。后遣还。不久陈氏代梁，历事武帝文帝宣帝，官至侍中、中书监。后主立，乃卒。《关山月》本乐府体，今陵所作，直与唐五言律相似。后李白作《关山月》，虽多四句，亦颇同于陵作。界乎古诗、律诗之间。故于此可以观诗体之变迁焉。星旗，言旗之分布如星然。疏勒，自汉至隋皆谓国，今新疆疏勒县。祁连，山名，见前。柳城，今热河朝阳县。白晕曰日晕。萦，回绕也。上郡、云中，皆秦汉郡名。上郡，今陕西北部及内蒙古鄂尔多斯旗左翼地。云中,今山西怀仁、左云、右玉以北,至内蒙托克托、喀尔喀右翼,四子部落各旗皆其地。节,调兵符节也。

沈炯

长安还至方山怆然自伤

　　秦军坑赵卒,遂有一人生。虽还旧乡里,危心曾未平。淮源比桐柏,方山似削成。犹疑屯虏骑,尚畏值胡兵。空村馀拱木,废邑有颓城。旧识既已尽,新知皆异名。百年三万日,处处此伤情。

炯字初明,吴兴武康人。梁元帝时,为给事黄门侍郎。西魏破荆州,被虏。以母在江南,陈请乞归,得放还。此诗即还至金陵作也。方山,一名天印山,在南京东南,秦淮之水所经。故诗有“淮源比桐柏”之句。桐柏山在河南,桐柏县即以是山得名。淮水发源于此,《禹贡》云“导淮自桐柏”是也。秦淮亦以淮名,故用是为比。削成,谓华山。《山海经》云:“太华之山,削成而四方。”方山亦以形方得名,故曰方山似削成。若以削成为寻常形容之辞,则失之矣。秦军坑赵卒,即长平之战,秦将白起坑赵降卒四十万事,此用以比魏破荆州也。拱木,一手可把者。曰馀拱木,则大木不存可知。積与颓同,坏也。江南自侯景乱后,亦到处残破,而自被虏归来之人视之,则感触尤为深至,故言之亦自不同。长安,西魏所都。炯后仕陈为御史中丞。会王琳拥立萧庄于荆州,举兵南下,陈文帝陈蒨加炯明威将军遣还乡里收兵,以疾卒于吴中。

为我弹鸣琴

为我弹鸣琴,琴鸣伤我襟。半死无人见,入窆始知音。空为贞女引,谁达楚妃心。雍门何假说,落泪自淫淫。①

编者按:《古诗讲义》据钟泰手稿整理,收入《钟泰著作集》时原题《诗词讲义》,由原整理者定名,今次单行,据讲义内容,重定为《古诗讲义》。

---

① 编者按:原稿至此结束。